※ 본 작품은 픽션입니다.
본 작품에 등장하는 인물, 단체, 지명, 국명, 사건 등은 실존과는 일절 관계가 없습니다.

중소기업 사위의 슬기로운 회귀생활 제1권

초판 1쇄 인쇄일 | 2025년 03월 25일
초판 1쇄 발행일 | 2025년 04월 02일

지은이 | 텀블러
발행인 | 조승진

편집기획팀 | 김정환, 신현우
출판제작팀 | 이상민, 홍성희

펴낸곳 | 데이즈엔터(주)
주소 | (07551) 서울, 강서구 양천로 570, NH서울축산농협 NH서울타워 19층(등촌동)
전화 | 02-2013-5665(代) | **FAX** 032-3479-9872
등록번호 | 제 2023-000050호
홈페이지 | www.daysenter.com
E-mail | alldays1@daysenter.com

ⓒ 2025, 텀블러

이 책은 데이즈엔터(주)가 작가와의 계약에 따라 발행한 것이므로
본사의 서면 동의 없이는 어떠한 방법으로도 이용할 수 없습니다.

ISBN 979-11-427-0384-3
ISBN 979-11-427-0383-6 (세트)

※잘못된 책은 본사나 구입처에서 교환하여 드립니다.
※저자와의 합의하에 인지를 붙이지 않습니다.

MODERN FANTASY STORY
텀블러 현대판타지 소설

중소기업 사위의 슬기로운 회귀생활

제1장 억압   009
제2장 슈퍼낙하산   037
제3장 막내의 브레이킹   063
제4장 낙하산 크러시!   091
제5장 입찰 새치기   119
제6장 내기   147
제7장 헬스장   173
제8장 대놓고 앞통수를 빡!   201
제9장 재발견   229
제10장 가족 상봉   257
제11장 동남아시아로   283
제12장 알박기   309

"부장님, 결재요."

"아, 그래."

50대 중반.

장인의 회사에 들어와 반쯤 종살이하면서 얻은 것은 중소기업의 부장 직함과 지방에 작은 집 한 채가 전부다.

결재가 올라온 파일을 보니 철강제품의 순도를 높이는 실험에 들어갈 자금을 충당한다는 것이었다.

"R&D 자금은 빡빡하다고 내가 몇 번이나 말했잖나."

"그게… 부사장님 지시라서 말입니다."

"…뭐?"

그나마 장인이 살아계셨을 때까지만 해도 이 정도는 아니었는데, 여기저기서 돈 뽑아먹는 손윗동서들이 눈에 불을 켜고 있어서 회사 운영마저 힘든 지경이었다.

'장인어른이 지하에서 통탄하시겠군.'

대체 그 깐깐한 처형들을 어떻게 구워삶았는지는 몰라도, 동서들은 사장의 두 딸을 앞세워 회사를 거하게 말아먹는 중이다.

'…그나저나 이러면 공장장이랑 또 마찰을 빚을 텐데.'

까칠하기로 유명한 공장장은 특히나 인호와의 관계가 최악이었다.

두 사람이 친하게 지낼 수 있었다면 회사가 이 지경이 되진 않았을지도 모른다.

슥슥슥!

하지만 그래도 어쩔 수 없다.

이 회사의 등기는 인호가 아니라 동서들의 명의로 되어 있으니까.

반강제로 서명을 넣으면서 결재를 올린 직원에게 묻는다.

"회계사 측에선 뭐래? 별말 없어?"

"완벽하답니다."

회삿돈을 유용하겠다는 클라이언트의 요구를 들었음에도 불구하고 회계사는 한마디 조언조차 없었다.

무려 20년을 알고 지낸 사이인데도 말이다.

'저 새끼도 뒷구멍으로 돈을 빼먹고 있는 게 분명하겠

지. 하, 정말.'

설마하니 회계사까지 한통속일 줄이야.

다 무너져 가는 회사를 멱살 잡아 가며 캐리하는 것도 이제는 지쳐 간다.

가슴속에 품은 아내의 사진을 만지작거리는 인호.

'…서아 엄마, 슬슬 한계야. 어쩌면 좋을까?'

이제 두 번 다시는 볼 수 없는 아내.

이곳이 사랑하는 아내의 친정이 아니었다면, 그는 진즉에 미련 없이 돌아섰을 것이다.

지이이이잉!

핸드폰이 울려 발신자를 확인해 본다.

[장모뉴]

인호가 장가를 들고 얼마 지나지 않아 장인은 25살 연하의 새 장모를 선물로 주었다.

딸과 불과 5살 차이가 나는 꽃뱀이 안방에 들어앉은 것이다.

'하…, 또 시작이구만.'

아마 돈 달라고 닦달하려고 전화했을 게 분명하다.

장인의 지분을 다수 가져가는 바람에 그녀는 이사회 멤버가 되었는데, 툭하면 가진 지분을 다 팔아 버린다고 협박이다.

"…네."

-네? 말이 짧네, 최 서방?

"무슨 일이십니까?"

-나 참, 장모 사랑은 사위라던데, 자네는 내가 장모로 보이지도 않나 보지?

장모님의 사랑? 애초에 바라지도 않았다.

제발 인간답게만 굴어 줬으면 소원이 없겠다.

"…아무튼, 무슨 일이신데요."

-나 이번에 이사할 거야. 한남동에 집 알아봐 뒀으니까 이삿짐센터 좀 불러 놔.

"한남동이요? 얼마 전에 압구정으로 이사갔잖아요. 그런데 무슨…."

-내 돈으로 이사하겠다는데 자네가 무슨 이래라저래라 상관이야? 자네는 위아래도 없어?!

회사 지분 때문에 화도 못 내겠고, 인호는 가슴이 까맣게 타들어 가는 것만 같았다.

'그때 내가 도시락 싸 들고 다니면서 말렸어야 했는데. 하…!'

괴로움에 머리를 쥐어뜯는 인호.

바로 그때였다.

[남은 시간]
[0:10]

"이게 뭐지…?"
-뭐? 이게 뭐냐니?
"잠깐…. 이따가 다시 전화할게요."
-야, 너….
뚝.
눈앞에 이상한 것이 보인다.
손을 휘휘 내젓는 인호.

[0:09]

뭔가 시간을 말하는 것일까?
1초가 흘러갔고, 인호는 그 순간 돌연 지나간 세월을 되짚기 시작했다.
'어? 이건 마치… 주마등?'
사람이 살면서 자신의 인생을 진지하게 돌아볼 기회가 얼마나 될까?
아마 죽기 직전에 지나온 인생이 주마등처럼 스치고 지나가는 것은 인생을 돌아볼 유일한 기회가 바로 그때이기 때문인지도 모른다.

'…잠깐. 그렇다는 건 뭐야. 나, 죽는다는 거야?'

젊은 시절부터 최근의 일까지. 마치 두뇌가 살아 움직이는 것처럼 기억이 각성되더니, 이내 인호 앞에 있던 시간이 정확하게 0:00으로 바뀌었다.

팟!

"헉!"

[회귀합니다]

따르르르릉!

"우웅…."

동글동글한 얼굴에 큼지막한 눈과 코. 거기에 앙증맞은 입술이 전체적으로 귀여운 느낌을 주는 여인이 눈을 비비며 일어났다.

그녀는 고개를 돌려 자명종 시계의 알람을 껐다.

"음! 잘 잤다!"

알람을 끄고 옆을 돌아보는 설화.

사람 손바닥 두 개 정도를 합쳐 놓은 크기의 딸. 그런 딸을 배 위에 올려놓고 자는 남편이 보인다.

남편의 손에는 그녀의 것과 똑같은 에메랄드 반지가 끼워져 있었다.

연애 시절 피앙세 반지라며 커플링으로 준 것이다.

"…귀여워!"

깨물어 주고 싶은 욕구가 극에 달했지만 애써 눌러 참는다.

오늘은 남편이 아버지의 회사에 첫 출근을 하는 날이기에 선잠을 깨울 수는 없었다.

살금살금 걸어서 안방을 나서는 설화.

까치발을 든 채 거실을 지나 부엌으로 향한다.

안 그래도 키가 작은 편이라 보폭도 좁은데, 이렇게 거실을 지나가려니 발에 쥐가 날 것 같았다.

"참아, 설화야! 우리 남편 밥해 줘야 해!"

생전의 어머니께선 설화에게 누차 강조한 것이 있었다.

아무리 싸우고 다퉈도 남편의 아침과 저녁 정도는 자기 손으로 차려 주라는 것.

그것은 집안의 대소사를 관장하는 안주인으로서 마땅히 챙겨야 할 책무라면서 말이다.

엄마의 말씀대로 남편의 아침을 차려 주려 끙끙거리며 부엌까지 나왔다.

"헷, 다 왔다!"

분홍색 곰돌이가 그려진 앞치마를 입고 된장찌개와 콩나물국, 계란찜, 시금치 무침을 준비한다.

아침부터 고기 같은 게 들어가면 소화가 안 될 수도 있으니 부드럽고 잘 넘어가는 것으로만 차려 낸다.

엄마가 전해 준 레시피대로 하나씩 음식을 해 나가는 그녀.

'짬밥보다만 맛있으면 땡큐지!'

장교였던 남편과 연애하던 시절에 들었던 얘기다.

물론 그녀는 짬밥보다야 밥을 잘 만든다.

바로 그때였다.

"…서아 엄마?"

"앗, 남편이! 벌써 깼어? 더 자지 않고!"

"이, 이게…."

"쿡! 놀랐어? 내가 실력 좀 발휘해 봤는데, 어때? 냄새 죽이지! 그치!"

사막에서 한 보름 굶다가 오아시스를 만났다 해도 저런 표정은 짓지 않을 것이다.

동공은 커졌고, 입은 떡 벌어져선 마치 꿈속을 헤매는 것 같은 얼굴이었다.

"오빠?"

"…서, 설화야, 이거 꿈 아니지?"

"헤헤, 꿈은 무슨! 내가 아침부터 기합을 팍팍 넣어 주려고 어제부터 준비했다구우!"

"아…!"

덩치는 커다래선 눈물도 많고, 마음이 참 여린 남편이다.

그런 남편이 아버지와 오빠들의 반대와 지탄을 묵묵히 이겨 내며 여기까지 온 것만 해도 정말 감동적일 지경이었다.

"이제부터 남편이 내조는 내가 알아서 해 줄게! 그러니까 남편이는 열심히 일만 잘하면 되는 거야. 알겠지?!"

"고맙다…, 내 곁에 있어 줘서."

굵고 커다란 팔을 활짝 벌리더니 설화를 꽉 끌어안는 남편.

평소에도 애정표현이 거침이 없긴 했지만, 오늘따라 뭔가 분위기가 좀 이상하다.

"오빠, 왜 그래? 무슨 일 있어?"

"…아니야, 별일 없어. 아니, 있어도 없도록 만들어 볼게!"

"음? 그게 무슨 말인데?"

"그냥, 사랑한다는 거지."

"히힛, 나도!"

아내를 꼭 안고 있다가 돌연 시계를 휙 쳐다보는 남편.

그러더니 아내를 번쩍 안아 들었다.

"어맛…!"

"확인할 게 있어. 10분이면 돼."

신혼의 불길이 타오른다.

"으으음!"

유난히도 신이 나 보이는 아내와 아직도 꿈나라를 헤매고 있는 딸.

인호는 이게 만약 꿈이라면 깨지 않았으면 했다.

'꿈은 아니야. 확실히… 느꼈으니까!'

오랜만에 신혼으로 돌아온 인호는 아내의 매력에 흠뻑 빠져 허우적거렸다.

꿈에서도 그리던 그 순간이 현실로 다가온 것이다.

"그나저나 남편! 상사 일만 하다가 제조업 영업직으로 들어가면 힘들지 않겠어?"

"괜찮아. 상사에서 하던 일도 영업직이고, 주로 발품을 팔던 일이라서 그다지 어렵지는 않을 거야."

얼마 전까지만 하더라도 중견기업 회사에 다녔던 인호는 주로 중국과의 무역을 담당하며 차근차근 경험을 쌓고 있었다.

그러다가 돌연 아내와 사고를 쳐 딸을 낳는 바람에 급하게 결혼하게 되었고, 처가의 사업에 동참하라는 장인의 조건에 따라 이직을 하게 된 것이었다.

"그나저나 아빠는 왜 그런 조건을 붙여선 사람을 힘들게 하는 걸까? 우리 남편이가 돈을 달랬나, 집을 달랬나? 그런 것도 아닌데."

아내는 남편을 굳이 잘 다니는 직장에서 빼내는 것이 이해가 되지 않았다. 심지어 회사의 스펙도 전에 다니던 곳이 더 좋았다면서 말이다.

하나 인호는 그 마음을 너무나도 잘 알고 있었다.

"내 딸이 고생하는 게 싫어서 그러셨겠지."

"엥? 내가 무슨 고생을 해? 남편이 돈도 따박따박 잘 가져다주고, 딸도 문제없이 잘 크는데?"

"딸 가진 아빠들의 마음이야 다 똑같지, 뭐. 항상 걱정되는 거야. 별 이유 없어도 말이야."

인호도 처음엔 장인을 이해하지 못했었다. 대체 나에게 왜 이러는 것인가 싶을 때가 많았었는데, 나이가 들고 장인이 돌아가신 이후에 그 마음을 깨닫게 되었다.

"…아무튼 마음에 안 들어!"

"예쁜 설화가 참아. 원래 예쁜 사람이 져 주는 거야."

예쁘다는 말에 아내는 싱긋이 눈웃음을 친다.

"하여간 저 말발! 마음에 들어!"

"그나저나 밥 맛있겠다! 먹어도 돼?"

"응! 그럼! 얼른 먹어! 내가 옷도 다려 놨어! 그거 먹고 씻은 다음에 옷 입고 출근해!"

인호는 겉으론 웃고 있지만, 속으로는 비장한 각오를 다진다.

'장인어른이 그렇게 되신 건, 외로움 때문이었지. 그러니 젊은 여자에게 껌뻑 죽어 재산까지 내어 준 거고.'

상속? 재산? 그딴 건 모르겠지만, 최소한 회사 지분은 넘기지 않도록 할 것이다. 그렇게 하자면 일단 아내와 장인의 사이가 회복되어야 한다.

그런 뒤엔 미련 없이 회사를 나올 것이다.

"여보야!"

"응?! 왜?"

"여보야는 내가 장인어른 회사에서 나오면 어떨 것 같아?"

"헤헤, 그러면 좋기야 하겠지! 같이 더 오래 있을 수도 있고!"

조금 더 아내와 시간을 더 보냈더라면, 그래서 아내의 병을 더 일찍 알아챌 수 있었더라면 인호가 혼자 될 일은 아마 없었을 것이다.

'…인생을 바꿔 보는 거다!'

일보다는 가정이 우선시되어야 한다.

만약 다시 태어난다면 인호는 아내를 선택했을 것이고, 그녀를 지키기 위해서라면 뭐든 할 것이다.

"내가 돈 많이 벌어서 일찍 회사 때려치우고 설화랑 매일 붙어 있을게!"

"헤헷, 고마워! 역시 우리 남편밖에 없어!"

가슴에 각오를 아로새기곤 깔끔하게 샤워에 면도까지 마쳤다.

칼 각이 잡힌 양복을 입고 구두에 광을 내면서 생각을 정리하는 인호.

'지금부터 투기에 잘 올라타야 해. 그러자면 시류를 잘

살피는 것밖에는 방법이 없다!'

이제부터 인호는 손에 잡히는 모든 사람들, 그리고 모든 수단을 동원해서 뉴 밀레니엄 웨이브에 올라탈 것이다.

'…기억은 또렷했다. 그렇다면 못 할 것도 없지!'

회귀하기 전의 주마등. 그것이 뇌리에 박히면서 인호는 전생의 기억을 정말 아주 세세하게 기억하고 있다.

이제부터는 회귀라는 것을 완벽하게 이용해서 삶을 바꿔나갈 것이다.

"꺄아아아!"

"마침 딱 서아가 기분 좋게 일어났네! 아빠 다녀오세요, 해야지!"

"아바바바…!"

이제 막 옹알이를 시작한 서아는 생김새가 아내를 닮았다.

인호는 아내에게서 서아를 받아 안았다.

'아빠는 할 수 있어! 아자 아자!'

아내의 긍정에너지를 이어받아 당차고 야무진 딸.

그 어떤 순간에도 아빠를 먼저 위하는 착한 아이로 성장했다.

그 눈을 보자마자 가슴속에서 뭔가 울컥 차올랐다.

"…아빠가 너도 호강시켜 줄게! 꼭!"

"아바바…?"

세상에서 제일 예쁜 이 두 여자를 위해 인호는 슈퍼맨이 되기로 다짐한다.

회사는 경기도에 있고, 신혼집은 서울 외곽에 있기 때문에 당분간은 출퇴근을 해야 한다.
이른 아침의 지하철 풍경이 제법 익숙하다.
아직은 스크린도어가 없는 지하철을 기다리는 인호의 손에는 신문이 쥐어져 있었다.

[팔라듐, 4대 광물로 각광!]
[가파른 팔라듐 가격 상승, 과연 대한민국 자동차 제조사는 괜찮은 것인가?]

'음…, 그래, 지금은 팔라듐의 전성시대라고 할 수 있지.'
인호가 알기론 지금부터 2020년대까지 팔라듐은 총 3~4회의 전성기를 맞이했다.
백금을 생산할 때 같이 생산되는 팔라듐은 가솔린의 촉매제로 사용되며 자동차 산업에선 없어서는 안 될 필수 광물로 손꼽히는데, 주요 생산지는 러시아와 남아프리카 지역이다.
사락.

신문의 다음 지면으로 넘기자 최근 국제경제에 대한 소식이 적혀 있었다.

[…러시아의 팔라듐 재고량은 아무도 알 수 없다…]
[출처 : 유엔조사국]

팔라듐의 최대 생산국인 러시아가 광물 수출을 억제하자 팔라듐 가격은 일제히 반등하기 시작했다.

사실 팔라듐은 귀금속 중에서도 가격이 가장 낮은 편에 속했고, 시장 자체도 좁은 편이었다. 한데 자동차 촉매로 쓰이던 백금보다 저렴했던 팔라듐의 평가가 완전히 반전되어 필수품이 된 것이다.

그 좁은 시장을 완벽하게 석권하고 있던 러시아는 이제 팔라듐을 무기처럼 쓰기로 작정한 것이었다.

'지금이 기회다!'

중소철강회사인 '아성철강'은 주로 원자재를 가공하거나 대기업의 하청을 받은 2차 가공품을 생산하는 회사이다.

완성된 팔라듐 자재를 성형하거나 부품화 단계까지 진행시키는 게 아성철강의 주요 사업인데, 만약 인호가 한발 앞서 행동한다면 엄청난 이윤을 거머쥘 수 있을 것이다.

따르르르르릉!

[열차가 곧 도착합니다. 승객 여러분께서는 안전선 밖으로 잠시 물러서 주시기 바랍니다]

우르르 밀려드는 승객들.
인호는 처음 출근했을 때가 생각이 난다.
'뭔가 풋풋한 이 느낌! 좋아, 아주 좋아!'
숨조차 쉬기 힘들 정도로 빽빽이 들어찬 승객들, 여기저기서 한숨 터지는 소리가 들려오는 것이 전쟁터를 방불케 했다.
그래도 인호는 환하게 웃는다.
인호는 그런 승객들 중에서도 거의 맨 마지막에 올라탔다.
'…바로 오늘이었어. 그 강렬했던 첫 만남!'
굳이 오가는 사람에게 이리저리 치일 자리에 선 까닭이 있었다.
오늘이야말로 역사적인 첫 만남이 있었던 날인 것이다.

[열차 출발합니다…]

"어, 어어…?!"
저 멀리 작업복을 입은 한 남자가 달려오는 것이 보인다.
인호는 재빨리 발을 뻗어 이제 막 닫히려는 열차의 문을 막아냈다.
 터억!

 [출입문 센서에 발이 걸렸습니다. 안전을 위해 제자리로 돌아가 주시기 바랍니다.]

 "…아이, 진짜! 뭐 하는 겁니까?"
 "아하하! 잠깐만요! 저기 사람 오잖아요."
 "더 탈 자리도 없구만!"
 "미안합니다! 미안해요!"
 여기저기서 불만이 터져 나왔지만, 인호는 꿋꿋하게 발을 뻗고 있었다.
 그리고 잠시 후, 작업복을 입은 남자는 간신히 열차에 올라탈 수 있었다.
 "허억, 허억! 감사합니다! 아이고, 오늘같이 중요한 날에 하필이면 회사 트럭이 퍼지는 바람에!"
 인호에게 연신 고개를 숙이는 남자.
 그의 가슴에는 '아성철강'이라는 로고가 박혀 있었다.
 '오랜만이네요, 공장장님!'
 꼬장꼬장함의 대명사, 깐깐하기로는 거의 나노머신 수준이라 불렸던 백전노장.
 아성철강의 공장장 임희석이다.

지금은 공장의 생산관리를 맡고 있는데, 회사의 트럭에 이것저것 싣고 다니면서 사람들을 잘 챙기는 근면성실한 사람이다.

"아슬아슬하게 세이프 하셨네요!"

"덕분에 살았습니다!"

전생에서 임희석은 인호와 별로 사이가 좋지 않았었다.

임직원이 피땀 흘려 모은 돈을 사위가 모두 삥땅 친다고 생각했기 때문이다.

'지금이라면 사이좋게 지낼 수 있겠지!'

원래 첫 만남에서 인호는 임희석이 허망하게 지하철을 놓치는 장면을 지켜만 봤었다. 그리고 그와 다시 대면하게 되었을 때, 조금은 어색한 마음에 서서히 거리를 두게 됐던 것이다.

하지만 지금은 다르다.

"아성철강…?"

"아! 저희 회사 아세요?"

"오늘부터 첫 출근하게 된 최인호입니다!"

"아하! 사장님 사위라는 사람이…."

"잘 부탁드립니다!"

임희석은 단순한 사람이다.

비록 성격이 불같기는 해도, 자기 사람은 정말 확실하게 챙긴다.

그런 그와 친해진다면 우선 회사생활에서 절반은 먹고

들어간다는 뜻이다.
"생각보다는 훤칠하고 덩치도 좋으신데요?! 임희석 대리입니다! 앞으로 어려운 일 있으면 얘기해요! 최선을 다해서 도와 드릴게!"
"정말 감사합니다! 대리님!"
"으하하! 이것도 인연인데 앞으로 친하게 지내자고요!"
사람이란 원래 첫인상이 중요한 법이다.

똑똑.
출근하자마자 찾아온 사장 집무실.
"들어와."
묵직한 목소리가 들려온다.
언제나 묵묵하고 무뚝뚝한 그 목소리다.
'…기분이 묘한데.'
장인의 장례를 치르고 입관까지 함께했던 인호. 그런 장인의 목소리를 다시 듣는다는 것은 참으로 기분이 묘해지는 일이었다.
뭐랄까, 죽은 사람이 살아 돌아온 것 같은 느낌이랄까.
문을 열고 들어가는 인호.
"사장님, 오늘 첫 출근 인사드립니다!"
"문 닫아."
"넵!"

말이 짧고 감정이라곤 전혀 찾아볼 수 없는 사람이다. 손주들에게 하는 걸 보면 딱히 그렇지도 않은 것 같은데, 밖에서 하는 걸 보면 목석이 따로 없다.

"그간 무탈하셨습니까?"

"탈이라도 났으면 좋겠다는 말투로군."

다짜고짜 시비를 걸어오는 장인.

여전히 사위가 마음에 들지 않는 것이다.

"뭔 말씀을 그렇게…?! 탈이라니요! 장인어른이 탈 나시면 제 아내는 어쩌라고요. 행여나 그런 말씀 마십쇼."

"…여전히 입만 살았군."

서로 한마디도 지지 않으려는 장서지간.

이러니 사이가 좋았을 리가 없다.

그러나 이제는 조금 달라질 것이다.

"아! 그리고 서아도 잘 지냅니다."

"…이제 말도 제법 하나?"

"좀 있으면 아빠, 엄마 정도는 할 것 같더라고요."

손녀의 이름이 나오자 눈이 반짝거린다.

누가 딸 바보 아니랄까 봐 손녀의 이름만 들어도 사람이 태도부터 변해 버린다.

"사진 보여 드려요?"

"험험…, 됐네. 나중에 직접 보면 되지."

손녀의 이름만 나와도 표정부터 달라진다.

'굳이 싸우면서 지낼 필요 있나? 둥글둥글하게 지내면 좋지!'

서아가 있는 한, 저 불곰 같은 장인도 결국엔 테디베어가 되고 말 것이다.

"그나저나 회사 식구들이랑은 인사했나?"

"오는 길에 임희석 대리라는 사람을 만났습니다."

"아, 맞아, 안 그래도 그 얘기를 하더군. 자네가 뭐 지각을 면하게 해 줬다면서."

임 대리는 다 좋은데 입이 좀 싼 게 흠이었다.

하지만 이번에는 그 싼 입방아 덕분에 득을 보게 생겼다.

"그냥 뭐! 우연의 일치였을 뿐이죠."

"이제 곧 성수기 시작이야. 부지런히 사람 만나면서 얼굴부터 익혀 둬."

"넵!"

철강업계는 3월부터 6월이 성수기다.

12월부터 감사 시즌에 돌입해서 3월까지 정신없이 보내다 보면 성수기는 금방 도래하기 마련이다.

"그나저나 자네 부서를 정해야 할 텐데 말이야. 어디가 좋겠나?"

"저는 영업이 좋습니다!"

"철강회사 영업을 뛰려면 알아야 할 게 많을 텐데?"

아성철강은 철근, 열연강판 등 산업이나 공사현장에서

쓰는 제품을 주로 생산한다. 대기업 하청을 받아 납품하기도 하는데, 경기 북부에선 제법 규모가 있는 편이다.

"배운 게 도둑질이라고, 상사에서 영업을 뛰었더니 생각나는 게 그것뿐입니다!"

"영업이 힘든 건 알고 있지? 잘못하면 다음 달에 사직서 쓸 생각해야 할 거야."

씨익 미소를 짓는 인호.

"그럴 리 없을 겁니다!"

"근거 없는 자신감이로군."

"근거는 없는데 확신은 있죠!"

장인은 인호의 호언장담에 긴말은 하지 않았다.

원래 장인은 그런 스타일이었다.

'남자다운 스타일이긴 하지. 뒤끝 없고!'

아무리 까불고 사사건건 개기는 사위라도 실적만 좋으면 만사 오케이다.

장인은 마초 중에 마초. 일만 잘하면 모든 것이 용서되는 사람이었다.

"다음 달에는 제가 이 회사에서 실적 탑을 찍어 보겠습니다!"

"남아일언중천금. 개소리 잘못하면 모가지 달아난다는 거, 명심해."

"넵! 물론입죠!"

"좋아, 영업팀으로 가. 생산부서에는 내가 말해 놓도록 하지."

회귀생활의 첫 단추는 이렇게 끼워졌다.

아성철강의 영업팀은 회사 본건물 3층에 위치하고 있다.

"신입사원 최인호입니다!"

"아, 자네가 최인호 사원이야?"

영업팀은 세 명으로 이뤄져 있고, 만성적인 인력부족으로 허덕였다.

'뭐랄까, 마치 카르텔과 같달까?'

이 사람들은 자기 마음에 들지 않는 인간은 무슨 수를 써서라도 쳐낸다.

심지어 그게 사장의 가족이라고 해도 말이다.

"중견기업에서 왔다고?"

"그냥 작은 무역회사를 다녔었습니다."

"그럼 뭐, 일머리는 대충 있겠군. 아무튼 간에 조만간 회식 한번 해야겠어. 한 대리! 우리 법인카드 한도가 얼마나 남았지?"

법인카드 한도부터 챙기는 이 사람은 영업팀장 오유한 과장이다.

두뇌는 명석한 편이나 그걸 편법과 불법에만 이용할 줄 아는 한심한 인간이다.

또한 그 밑에 있는 영업사원들 역시 비슷한 것들이다.

'투자 시드머니를 불리는 데 이보다 더 좋은 직장환경도 없지!'

회사를 나오려면 자고로 돈이 있어야 한다.

여긴 그때까지 잠시 힘을 기르는 곳으로 생각하면 안성맞춤이다.

"아직은 일 배우기 이르니까 오리엔테이션 한다 생각하고 회사부터 둘러봐. 업무 투입 시기는 자네가 하는 거 봐서 결정할 테니까."

영업팀은 쓰레기 취급을 받는 만큼 업무에 대한 터치도 없다.

얇고 짧게 회사를 다니다가 그만두기엔 금상첨화나 마찬가지이다.

"오늘은 제가, 셀프로, 아주 잘 둘러보고 오겠습니다!"

"편해서 좋네. 이따가 점심 잘 먹고 저녁에 적당히 퇴근해. 우리는 그럼 외근 나갈 테니까, 내일 봐. 수고!"

아까 법인카드 한도를 확인한 것으로 봐선 아마 사우나에서 몸 좀 지지다가 저녁 무렵 접대를 핑계로 유흥이나 즐기려는 것으로 생각된다.

인호는 꾸벅 고개를 숙였다.

"넵! 살펴 가십쇼!"

"싹싹해서 괜찮군. 자네, 제법 마음에 들어."

우선은 이 팀에 조용히 녹아들기로 한다.

세 사람은 아침 열 시도 되기 전에 벌써 땡땡이를 치러 떠났다.

덕분에 홀로 사무실에 남은 인호.

"오케이, 땡땡이 야르!"

선배들이 땡땡이를 쳐 주면 인호야 땡큐다.

영업팀에 있는 자료들을 박박 긁어모아서 영업 보충자료로 쓸 수 있을 테니까.

"보자. 중국…. 어, 여기 있네!"

거래처 관리대장에서 중국 관련 자료를 먼저 찾아냈다.

뉴 밀레니엄 시대에는 국제정세가 급변한다.

이걸 이용하지 못하고 한국에서 우물 안 개구리처럼 행동했다간 그야말로 자본의 노예가 되어 버리는 것이다.

[중국 가오샨 건설]
[미추홀제철 철근 가격 협상 관련 자료]

"사람이 말이야, 머리를 써야지!"

나갈 때 나가더라도 회사가 망하는 걸 그냥 지켜볼 수는 없다.

이것이야말로 아성철강을 반석 위에 올릴 초석이 되어 줄 것이다.

"…낙하산은 낙하산인데, 사람은 괜찮다니요?"

"아, 진짜! 내 말 못 믿어?! 정말 괜찮은 사람이라니까!"

아성철강의 공장에는 흉흉한 소문이 돌고 있었다.

사장이 새파랗게 어린 사위를 낙하산으로 뚝 떨어뜨려 회사를 말아먹으려 한다고 말이다.

그러나 임희석은 그 소문을 불식시키려는 개인 매니저처럼 입이 닳도록 항변을 하고 다녔다.

"괜찮기는 누가 괜찮아?"

"아, 과장님!"

아성철강의 생산과장 이호식은 떨떠름한 표정으로 임희석을 쳐다본다.

"낙하산이 괜찮아 봤자 거기서 거기지. 자네가 뭘 안다고 떠들고 다녀?"

"오늘 아침에 봤다니까요! 그 친절함, 선함! 그건 어떻게 꾸민다고 나올 수 있는 게 아니라니까요?!"

"허 참, 임 대리가 뭘 모르는 모양인데 그놈, 아주 제대로 까진 놈이라고! 사장님 따님을 그냥 속도위반으로…. 어휴, 난 진짜 이해가 안 된다!"

임희석은 피식 웃으며 말했다.

"에이! 요즘 속도위반이 무슨 죄도 아니고! 지금이 쌍팔년도는 아니잖아요?"

"…사람 그렇게 안 봤는데, 자네도 발라당 까졌어?"

"남자가 남자다워야지! 속도위반이더라도 제대로 책임까지 졌는데, 무슨 문제 있겠어요?"

"쯧! 요즘 젊은것들이란!"

대놓고 사장 사위를 씹어 대는 이호식의 얼굴에는 어쩐지 짙은 분노가 섞여 있는 것 같았다.

바로 그때쯤이었다.

짝짝짝!

"자자, 다들 모여 봐!"

공장장 허태석이 주위를 집중시켰다.

그는 바로 옆에 멀끔한 모습의 한 남자를 세워놓고 있었다.

"모두들 얘기는 들었지? 이번에 우리 회사에 새로 입사하게 된 최인호 사원이다."

"아! 저 사람이…."

"얼마 전까지 태림상사에 다녔던 인재이기도 하니까 앞으로 잘해 줘. 자, 최인호 씨! 인사 한번 시원하게 해 봐."

기본적으로 인호는 잘생겼다. 키도 크고 알통도 크게 잘 빠진 사람이다.

그러니 얼굴값 할 것이라는 생각이 절로 들 만도 하다.

그러나….

"안녕하십니까! 막내 최인호 인사드립니다!"

"오, 패기 넘치는데?"

"앞으로 가르쳐 주시는 건 뭐든 약이라 생각하고 넙죽 잘 얻어먹겠습니다! 마음껏 부려 먹어 주십쇼!"

"좋아, 좋아! 듬직하니 괜찮네!"

대체로 다들 인호를 마음에 들어 하는 눈치다.

물론 단 한 사람만 빼고 말이다.

박수 치는 사람들 사이로 똥 씹은 표정을 한 사람이 보인다.

'이호식, 저 박쥐 같은 새끼!'

저놈은 아성철강이 위기를 맞이했을 때, 가장 먼저 배신한 인간이다.

오 과장도 그렇지만, 이호식은 회사의 암적인 존재 중에서도 최악의 인물이었다.

'…두고 보자. 절대 그냥은 안 놔둔다!'

공장 식구들과 인사를 나눈 뒤에 인호는 자유시간을 얻었다.

"최인호 사원."

"네, 사장님!"

"더 궁금한 것이 있나?"

그래도 사위라고 사장이 직접 이것저것 챙겨 주려는 모양이다.

인호는 원하는 대답을 내놓는다.

"협력회사 관계자들에게도 인사를 하고 싶습니다!"

"…협력사?"

"내일부터 실무에 투입될 텐데, 그러자면 협력사와 조금 긴밀한 사이를 유지하는 게 나을 것 같아서 말입니다! 이를테면 법무법인이라든지 회계법인이라든지."

법무법인, 회계법인이라고 해서 그렇게 거창하거나 큰 회사를 말하는 건 아니다. 그렇지만 지역사회 내에서 지속적인 끈끈함이 상당히 농밀한 관계이다.

'이 농밀함, 미래를 위해 반드시 필요한 것들이지!'

20년을 넘게 거래한 회계사가 뒤통수를 칠 수 있었던 것은 더 이상 그런 끈끈함이 사라졌기 때문이다.

반대로 생각하면, 이 끈끈함만 있다면 앞으로 인호가 뭘 해도 성공할 것이라는 뜻이기도 하다.

"중견기업을 다녔다더니, 사위가 제법 야무진데요?"

"큼! 그래 봤자 애송이지, 뭐."

첫날부터 인상이 좋게 찍힌 것인지 공장장이 옆에서 한마디 거들어 준다.

임 대리의 얘기를 들은 것이 분명해 보인다.

분명 아닌 척하고 있지만, 장인도 제법 기분이 좋아진 것 같았다.

"따라와. 안 그래도 법인 사람들을 만나 보려 했는데, 같이 가지."

오늘 아침에 임 대리를 구해 준 건 신의 한 수인 것 같다.

사장의 외부업무 첫 목적지는 증권사 '이선투자증권'의 경기지사였다.

아성철강은 기업공개(IPO)를 치른 코스닥의 상장사다. 별들의 전쟁이라는 코스피에 올라탄 회사까진 아니라도 제법 내실이 알차다는 소리다.

아무리 아성철강이 알차다고 해도 코스닥에 상장되기까지 이선투자증권의 역할은 매우 컸다.

"거의 다 도착해 가는군요."

수행비서 김수옥은 인호가 지리를 잘 익히고 있는지 넌지시 떠보았다.

아마 아성철강에서 가장 유능한 사람을 꼽으라고 한다면 인호는 볼 것도 없이 김수옥을 지목할 것이다.

그녀는 수행비서로서, 경영인으로서의 자세가 되어 있는 제대로 된 인물이기 때문이다.

'여성으로서 체력적인 문제가 제법 클 텐데도 흔들림이 없는 사람이지.'

사장이 별세하면 김수옥은 뒤도 돌아보지 않고 회사를 떠날 것이다.

여걸 중 여걸이지만, 맺고 끊음이 칼 같은 사람이다.

"여기서 우회전으로 들어가면 사거리가 나오죠?"

"음, 지리를 꽤 잘 아시네요."

"어제 공부 좀 했습니다! 영업사원인데 협력사 위치 정도는 알고 있어야 할 것 같아서요."

김수옥은 좀처럼 표정의 변화가 없는 사람이다.

뭐랄까, 마치 장인의 여성 버전 느낌이랄까.

그런 그녀가 슬며시 웃는다.

"제법인데요?"

"앞으로 비서님께 많이 배우겠습니다!"

"좋아요. 나도 기대해 보겠어요."

김 비서와만 친해져도 회사생활이 아주 편해질 것이다.

앞으로 정말 잘 지내 볼 생각이다.

이윽고 이선증권 주차타워에 차를 대 놓고 건물 안으로

들어섰다.

바쁘게 돌아가고 있는 이선증권.

'…아이고, 여길 또 찾아왔네. 두 번 다시는 찾아오지 않겠다고 맹세했던 게 몇 년 전인데 말이야.'

아성철강은 경영 일선이 자주 혼조를 겪다가 결국에는 상장폐지가 되고 만다.

그때 파트너였던 이선증권이 기업가치를 너무 낮게 잡아버리는 바람에 상장폐지가 앞당겨졌고, 인호는 이 사람들을 두 번 다시는 보지 않겠다고 다짐했었다.

'하지만 그건 그때의 얘기이고!'

이선증권은 증권사 5위 안에 들어가는 경쟁력 있는 회사이다.

특히나 투자은행(IBD) 쪽에선 아시아에서도 알아주는 공신력까지 갖추고 있기 때문에 인호에겐 반드시 필요한 파트너다.

아성철강에게도 인호 개인에게도 이선증권은 필수불가결한 존재인 것이다.

"아이고, 사장님! 약속시간보다 일찍 나오셨네요!"

"이 부장, 오랜만이야."

"조만간 필드 한번 나가셔야 하는데 말입니다!"

"다음 달에 우리 거래처끼리 부킹하기로 했는데, 같이 가지."

"감사합니다! 그런 알토란같은 자리에도 초대해 주시고, 제가 이번에 주가 한번 제대로 올려 드려야겠습니다!"

기업의 가치는 그 회사가 가지고 있는 재산, 부채, 그리고 진행 중인 프로젝트와 사업을 총평가해서 산출한다.

그렇기 때문에 아성철강은 이선증권과 같은 공신력 있는 투자은행과 긴밀한 관계를 유지하면서 기업가치를 주기적으로 갱신하는 것이다.

'이런 관계도 지역적인 끈끈함에서 비롯되는 것이겠지!'

이선증권은 본사와 지사의 관계가 수직적이지 않다는 게 특징이다.

지사는 해당 지역과 끈끈한 관계를 유지하면서 본사의 터치를 최소한으로 받는다. 그런 개입의 최소화가 이어지면서 이처럼 지역사회의 한 축이 될 수 있게 된 것이다.

이젠 그 한 축이 되는 증권사와의 관계를 통해 인호는 투자로 꿀을 좀 빨아 볼 생각이다.

"아! 저번에 말씀하셨던 사위이신가 보군요."

"맞아, 최 서방, 인사해. 이선증권 투자은행 부서 이대한 부장."

"안녕하십니까! 최인호입니다!"

이대한 부장은 인호에게 악수를 건넸다.

"반가워요! 앞으로 잘 지내 봅시다!"

"듣자 하니 서한대 나오셨다던데, 저도 서한 경영대 출신입니다."

"…오? 정말요?! 아이고, 여기서 후배님을 다 만나네!"

비록 SKY의 3대 명문은 아닐지라도 서울권에서 서한대는 경영학으로 유명한 대학이다.

특이하게도 이 지역의 증권사는 거의 대부분 서한대 출신이 주를 이루는데, 사람들은 그들을 언더독이라 부르며 좌천 인사로 치부하는 경향이 있었다.

'좌천? 천만에, 끈끈한 인정을 유지한 지역사회의 카르텔이지!'

전생의 인호는 학연과 지연을 잘 이용하지 못했지만, 이제는 다르다.

확고한 목표와 목적의식이 있었으니까.

"이현묵 교수님께서 조만간 동문회를 개최한다고 들었는데, 선배님도 가십니까?"

"아이고, 그럼요!"

"에이, 말씀 편하게 하십쇼! 제가 한참 후배인데, 어떻게 선배님이 존대를 하십니까? 한강의 기적! 한강의 솔개 서한!"

"하하하! 그럼 그럴까? 최인호 솔개!"

"넵!"

"우리 후배에게 선물 하나 줘야지. 이따가 신기한 물건 하나 줄 테니, 기대해."

"오! 감사합니다!"

인호가 웃으며 뒤를 돌아보았을 때.

김수옥은 슬그머니 엄지를 치켜들고 있었다.

'굿!'

파트너와의 긴밀한 협조.

김 비서의 시선을 끌기에 모자람이 없었다.

IBD 본부 내에 위치한 가치평가 부서에서 이뤄지는 기업의 가치평가.

"흠…, 작년보다 보유자산이 좀 줄어든 느낌이네요."

"아무래도 수지타산이 잘 안 나오다 보니."

"그렇죠. 원자재 가격이 많이 올랐으니까요."

기업가치를 판정하는 이대한의 표정이 썩 좋지가 못하다.

러시아가 주요광물의 가격을 쥐고 흔들고 있는 데다 중국이 광물판을 싹쓸이하다 보니 한국의 철강업계만 죽어나고 있는 것이다.

'지금이 최적의 타이밍이다!'

어떻게 해서든 대기업 라인을 탄탄하게 만들어 놔야 한다. 아무리 경제위기가 닥쳐도 대기업 줄만 잘 잡아도 중간은 간다.

"합금소재를 러시아가 아니라 남아프리카 쪽에서 가져오

면 어떻게 됩니까?"

"원자재를? 음, 나쁘지 않은 생각이긴 한데, 그래도 아성철강에게는 그다지 큰 이윤은 안 될 거야. 주업이 2차 가공이다 보니까 원자재 가격을 약간 낮추는 것으론 재미 보기 힘들거든."

지금은 원자재 시장 자체가 완전 혼란 그 자체였다.

그러나 만약 미래의 시세를 알 수 있다면 얘기가 달라진다.

"만약 본청과 하청 관계를 뒤집을 수 있다면요?"

"…관계를 뒤집어?"

"우리가 원자재를 싸게 들여와서 미추홀제철에 1차 철강제품을 발주하는 겁니다. 그렇게 되면 원자재를 싸게 들여온 만큼 우리가 이득을 보면서도 2차 가공품에 대한 원료 수급비용을 낮출 수 있겠죠."

"오…! 역시 한강의 솔개! 판단력 좋은데?"

매력적인 제안이었다.

지금까지 갑을로 맺어져 있던 관계를 수평적으로 바꾸면서도 단가를 낮춘다는 파격적인 전략이었으니까.

'언제까지 머슴 노릇만 해서 대기업 노선을 잡을 수야 있나? 최소한 허리띠에 고리 하나쯤은 걸어 놔야지!'

대기업의 줄을 잡으려면 우선 관계개선부터 해 둘 필요가 있다.

갑을관계에서 '을'은 잘라 내고 다시 구하면 그만이지만, 수평적인 협력자 관계는 다르다.

대체 불가능한 수평적 관계. 지금은 그게 필요한 시점이다.

"다만 문제가 하나 있어. 대체 어떻게 우리가 원자재를 싸게 구입해 오느냐는 거지."

그렇다.

가격변동을 일으킬 정도의 획기적인 매입 루트가 있어야 한다는 것.

이것은 사실상 불가능한 일이나 마찬가지였다.

'…불가능한 일이니까 지금이 기회인 거지!'

회귀자의 필살기가 나올 타이밍.

그것이 바로 지금인 것이다.

"아! 그거야 걱정하실 필요 없습니다! 제가 한 달 안에 방안을 가져올게요!"

"오…?"

"대신 기업가치평가에서 플러스 점수 좀 팍팍 주십쇼!"

간만에 사장 사위 노릇 한번 제대로 했다.

그런 그를 보는 장인과 이 부장의 표정이 미묘하게 변했다.

"…어쭈."

"그렇게 된다고 해도 기업가치 산정에 큰 변동은 없을 건데."
"이번 달은 그렇겠죠. 하지만 다음 달엔 다를 겁니다!"
시가총액과 회사 신용도라는 것은 해외 진출을 하든, 대기업 줄을 잡든, 기업확장에 반드시 필요한 명함이다.
그래서 대기업들이 기업가치 고평가에 그렇게도 목을 매는 것이다.
'우선은 내재가치를 높일 필요가 있어!'
기업은 내재된 가치가 외적인 가치보다 높으면 주가가 저렴하다고 판단한다. 그것은 곧 주가상승으로 이어질 가능성이 있다는 뜻이다.
다만, 그것은 자칫 거품으로 이어질 수도 있다.
"거품이 끼면 나중에 감당하기 힘들 텐데?"
"우선 잠정평가만 그렇게 해 놓고, 실질주가에는 반영하지 않는 방법도 있잖습니까?"
"실질적인 주가상승에는 반영되지 않는 평가…. 뭐, 그런 방법이 있기는 하지."
"이렇게 해 놓고 제가 정말로 프로젝트를 완성시킨다면, 그때 가치산정을 마무리시킬 수 있지 않겠습니까?"
일종의 보험을 들어 달라는 인호의 부탁.
이 보험이 있어야 중국으로의 수출도 가능해진다.
해외 바이어가 볼 때, 가장 중요하게 느껴지는 것은 회사의 사업규모. 그러니까 시가총액이다.

철강처럼 규모의 경제가 집약된 산업의 경우엔 더더욱 그렇다.

'안 되더라도 별수 없지만, 되면 개이득이지!'

한편, 이 제안을 들은 장인과 이 부장의 표정이 아까와는 또 달라졌다.

긍정적인 반응이었다.

"음…, 뭐, 나쁘지는 않겠네."

만약 인호가 실패하더라도 양쪽 모두에게 피해는 없을 것이니 증권사 입장에서도 나쁠 것 없다.

또한, 이것은 아성철강 측에도 상당히 매력적인 제안이었다.

"은행의 여신 가격이… 낮아질 수도 있겠군."

"네! 장인어른! 그게 제 목적이자 목표인 것입니다!"

"…제법 여우 같은 구석이 있네?"

"하핫, 제가 좀 그렇습니다!"

기업은 여신의 이자가 손익분기점을 결정하는 집단이다. 그렇다 보니 언제나 빚의 규모가 부담으로 다가오는데, 그 전체적인 규모를 축소해 줄 수 있는 방법이 바로 가치평가에서 좋은 평가를 받는 것이다.

'그나저나 내가 여기까지 지껄이는데 장인어른이 한마디도 제재를 안 했네. 어쩐 일이래?'

이런 애송이가 신나서 떠드는데도 사장은 가만히 지켜볼 뿐이었다.

장인이 남자다운 것은 맞는데, 애송이가 깝죽거리게 내버려둘 위인은 아니었다.

"이 프로젝트, 영업팀에서 전담하는 걸로 하고, 법적인 책임까지 지는 걸로 하지. 그럼 가치평가는 여기서 마무리하세."

'…짬?!'

그저 가만히 있었던 게 아니었다.

왜 지금까지 묵묵히 고개만 끄덕이고 있나 했더니, 이걸 잠재적인 영업이익에 넣어 놨다가 일이 꼬이면 담당자와 함께 영업팀을 날려 버릴 생각인 것이다.

'와! 빌드업 지리네…?'

사위를 믿은 게 아니라 어차피 버릴 카드, 기업쇄신에 써먹을 생각을 하고 있는 것이었다.

어찌 보면 사위를 희생양으로 삼을 생각까지 하고 있는 것인지도 몰랐다.

하나 인호는 개의치 않는다.

"네, 그렇게 하시지요!"

안 될 거란 생각은 애초에 하지도 않았다.

판은 그렇게 돌아갈 수밖에 없을 테니까.

"아 참, 내 정신 좀 봐. 아까 말한 신기한 선물을 지금 줘야겠네, 까먹기 전에!"

이대한은 책상 서랍에서 뭉뚝한, 벽돌처럼 생긴 기계를 꺼내 테이블 위에 올려놓았다.

바로 휴대용 디지털 단말기(Personal Digital Assistant) 였다.

"PDA…?"

"요즘 미국에선 다들 이걸로 거래를 하거든. HTS라고 들어 봤지? 그걸 여기에 이식한 거야. 올 11월부터 정식 서비스를 하기로 했는데, 지금은 프리미엄 고객들에게만 제한적으로 공급하고 있지."

PDA는, 이를테면 스마트폰이나 태블릿PC의 조상쯤 되는 기계이다.

이는 터치스크린 기술이 도입되었으며, 2메가 램이 장착되어 단독 운영체제로 굴러가는 작은 PC의 형태로 되어 있다.

'와! 진짜 오랜만에 보네.'

속도가 빠른 편은 아니지만, 휴대용 단말기로 주식매매를 할 수 있다는 것은 현재로선 엄청난 강점이 될 것이다.

"우선은 뉴욕증시, 여의도증시. 이렇게 두 시장에서 거래할 수 있어. 물론 파생상품이나 채권도 거래할 수 있고. 아! 파생상품 거래 자격은 가지고 있나?"

"전에 다녔던 회사에서 받았습니다."

"그럼 이걸로 가끔 재미 좀 봐."

아마도 원자재를 다루는 프로젝트를 한다고 하니 이대한이 나름대로 신경을 써 준 모양이었다.
이로써 인호는 투자의 단초를 얻었다.
'학연, 나이스!'

그날 오후.
증권사에서 얼마 떨어지지 않은 곳에 있는 회계법인을 찾아갔다.

[사성 회계법인]

아성철강이 생긴 이래로 꾸준히 거래를 해 온 파트너이며, 지역사회에서는 거의 톱으로 꼽히는 회계법인이다.
"윤 사장님, 오랜만입니다."
"홍 차장, 잘 지냈지?"
홍유성 차장은 사성 회계법인에서 아성철강을 담당하고 있는 전담회계사다.
그 누구보다 아성철강에 대해 잘 알고 있으며 철강업계에 대한 해박한 지식을 가진 사람이다.
'가까이 지내면 좋은 정도가 아니라 반드시 필요한 사람들이지!'
회계법인은 단순히 장부만 만져 주는 사람들이 아니다.

이들은 클라이언트가 원하는 숫자, 그림까지 그려 가며 장부를 만들어 준다.

해외 진출이든 사업확장이든, 일단 회계법인을 옆구리에 찬 것과 그러지 못한 것은 천지 차이다.

'전생에 내가 그렇게도 사성 회계법인이랑 친해지려고 안간힘을 썼는데. 하여간 장인 버프가 좋기는 좋네.'

아성철강의 윤황석 사장은 인맥관리에 완벽했고, 각종 모임과 단체에서 중요한 역할을 하면서 이 지역에선 유명 인사가 되어 있었다.

그런 장인 덕분에 인호는 공짜로 인맥을 쌓게 생겼다.

"서로 인사하게. 이쪽은 우리 전담 홍유성 차장. 홍 차장, 이쪽은 사위 최인호 사원일세."

"반갑습니다. 홍유성입니다."

덤덤하고 차분해 보이는 홍유성.

하나 홍유성은 그 누구보다 지역사회의 연결고리에 진심인 사람이다.

그 연결고리가 파괴되었을 때엔 뒤도 돌아보지 않고 지역을 떠날지언정, 연결고리가 탄탄할 때에는 아주 열성적이었다.

'겉으로 티만 안 냈을 뿐이지!'

어지간한 사람은 홍유성에 대해 잘 모른다.

그러나 인호는 안다.

하나 과거 홍유성이 파트너 회계사 자리를 박차고 나갔을 때, 인호는 그가 관리했던 회사 관계자들의 비자금 장부를 받아 내려고 온갖 조사를 다 했었다.

벼랑 끝에서 실오라기 같은 희망이라도 잡아 보려는 것이었다.

'그날의 처절함이 오늘의 성공으로 돌아오게 될 줄이야…!'

인호는 홍유성에게 꾸벅 고개를 숙였다.

"안녕하십니까, 선배님! 최인호입니다!"

"선배? 혹시 대학이…."

"아! 대학은 서한대이고요, 고등학교는 진현고를 나왔습니다. 그리고 어머님 고향이 광천이십니다."

광천 홍 씨인 홍유성은 서울 진현고를 나왔다.

외가와 동향에 고등학교까지 동문이라면 이보다 더 좋은 연결고리도 없다.

"진현고! 명문고를 나오셨네요. 어머님께서는 홍 씨 문중에 자주 나가십니까?"

"종친회에 가끔 나가셨었지만, 지금은 돌아가셔서 저 혼자 가끔 제사를 지내러 갑니다."

"아…! 그렇군요. 저런, 어머니를 일찍 여의셨군요. 괜찮습니다. 이럴 때 다 같이 끈끈하게 지내라고 지역사회가 있는 법 아니겠습니까?"

슈퍼낙하산 57

차갑고 냉철해 보이던 홍유성의 표정이 어느새 온화한 봄날의 햇살처럼 변해 버렸다.

마치 찔러도 피 한 방울 나오지 않을 것 같던 홍유성에게서 보이는 이중성, 혹은 의외성이 나타나는 순간이었다.

"앞으로 영업을 담당하기로 했습니다. 잘 부탁드립니다, 선배님!"

"그래요. 우리, 앞으로 잘해 봅시다."

"말씀 편하게 하십쇼! 외가 동성이면, 엄연히 따지면 친척인데, 형님이 동생에게 존대를 하는 건 좀 아니잖습니까?"

"아! 그럼 그럴까? 잘 부탁해, 동생!"

이 정도면 충분하다.

오히려 이대한보다 홍유성이 인호와 더 끈끈한 사이가 될지도 모른다.

이대한과는 학연만 엮었지만, 홍유성은 무려 혈연으로 엮인 사이가 아닌가.

'오케이, 굿!'

저녁이 되기 직전.

지역사회의 마지막 연결고리인 법무법인 '하진'을 찾아갔다.

"사위께서 인물이 훤칠하시네요!"

"훤칠하긴, 뭘."

경기도 '청천시'는 산업과 상업이 밀집해 있으며 주로 대기업, 중견기업 하청업체들이 공장을 가지고 있다.

때문에 무역이나 유통과정에서 변호사를 쓸 일이 많은데, 법무법인 하진의 경우에도 무역과 유통으로 성장한 법인 중 하나이다.

특히나 해상법에 생각보다 조예가 깊기 때문에 서울 빅4 법인에서 순번이 밀린 케이스들이 다수 이곳으로 몰려오기도 한다.

'중국에 빨대 꽂고 꿀 빨려면 하진과 친해져야 할 텐데 말이야.'

해상법, 특히나 무역법과 관련된 소송을 처리하려면 한국법은 물론이고 해외법과 국제법에도 능해야 한다.

이를테면 한국에선 통하는 법도 현지에선 통하지 않는데다, 무역 관련 법규는 거의 99% 정도 자국 기업의 손을 들어 주기 때문이다.

하진의 변호사들은 경기도의 언더독으로서 산전수전을 겪으면서 성장했기에 그런 흙탕물싸움엔 도가 튼 사람들이었다.

무역을 하려면 이 사람들이 반드시 필요하다.

'흠…, 하지만 적당한 연결고리가 없단 말이지.'

이선에는 학연, 사성에는 혈연이 있지만 하진에는 연결

고리가 없다.

　아무리 조사를 많이 해 봐도 이 회사에는 인호와 연결될 만한 고리가 거의 없다는 것이 문제였다.

　'뭘 어떻게 해야 하나?'

　대체 뭘 어떻게 하는 것이 좋을까.

　고민에 빠진 인호를 뒤로한 채 장인은 자신의 할 일을 한다.

　"김 변도 이번에 필드 한번 나가야지? 주승기업 하 사장이 아주 기대가 커."

　"아 참, 깜빡 잊고 있었습니다. 주승기업이 이번에 경기 북부에서 투자금을 받아 CC를 오픈했다는 소식은 들었습니다."

　"동기들끼리만 몰려다니지 말고 선배들도 좀 챙겨."

　"아이고, 그럼요!"

　"하여간 학군 녀석들이란."

　'…학군?'

　법무법인의 EP(Equity Partner)인 김주승.

　이제 보니 그의 손에는 에메랄드가 박힌 반지가 끼워져 있었다.

　"학군단 33기입니다!"

　"…어? ROTC였어요?"

　"넵!"

"이야, 반가워요! 나 학군 15기!"

"충성!"

"여기서 후배를 다 만나네."

학비 문제로 ROTC를 선택했던 인호는 군생활 내내 후회의 연속이었었다.

그때의 후회가 이제는 빚으로 돌아온 것이다.

"병과는 어디야?"

"제2포병 여단에서 근무했습니다!"

"와, 진짜?! 나 92포대!"

"헐! 100포대입니다!"

"이야, 이거 뭐! 완전 제대로 후배였군! 오늘 끝나고 뭐 하나? 소주나 한잔하지!"

설마하니 같은 쌍룡포병이었을 줄이야.

학연, 혈연, 지연 다음으로 끈끈한 군대 연줄을 얻었다.

"완전 충성입니다! 제가 모시겠습니다!"

"좋아, 좋아!"

그런 인호를 바라보며 장인은 미묘한 웃음을 짓는다.

땅거미가 가시고 완연히 깊은 밤이 되어 갈 시간이다.
-제법 쓸 만하겠더구나.
"최 서방이 원래 중견기업 영업사원 에이스였다니까? 당연하지!"

무조건적인 결혼반대, 남편을 무작정 까 내리기 바쁜 아버지에게 실망해 한동안 친정과는 연을 끊고 살았었다.

심지어 결혼식도 하지 않았다. 더럽고 치사한 결혼. 그깟 드레스 한번 못 입는다고 죽지는 않으니까.

그렇게 연락을 끊었다가 남편의 주도로 다시 소통을 하기 시작했다.

다만….
-또 경거망동이지. 내가 그렇게 채신머리없게 행동하지

말라고….

"잔소리할 거면 끊을게요."

―하! 이 녀석이 또!

워낙 감정의 골이 깊었기에 무슨 말만 나오면 부녀는 역정부터 낸다. 설화는 아무래도 아버지와의 관계를 회복하긴 어려울 것이라고 생각했다.

"아무튼 우리 남편이 잘하고 있다는 거 알았으니까 됐어. 끊을게요."

―…그.

"왜요?"

―서, 서아는… 잘 크고 있는 거지?

기어들어 가는 목소리. 하지만 거기엔 분명 약간의 희열과 기쁨이 섞여 있었다.

손녀를 생각하는 것만으로도 목소리의 톤부터 변하는 것이었다.

바로 그때.

"우르르, 공룡이다!"

"헤헤헤헤!"

"티라노다!"

"꺄하하하!"

남편이 딸을 돌보다가 안방으로 걸어 들어왔다.

순간 아버지의 목소리가 떨려 오기 시작한다.

-우, 웃었네? 하하, 고 녀석 참!
"…목소리 듣고 싶어요?"
-그… 그래도 되는 건가?
"잠깐 기다려요."

아무리 부녀지간의 사이가 안 좋아도, 조손 간의 천륜을 끊는 건 도리가 아닌 것 같아 어쩔 수 없이 남편에게 양해를 구한다.

"그, 오빠…."
"아! 장인어른, 최 서방입니다! 바로 옆에 서아 있으니까 말씀하십쇼!"

양해랄 것도 없이 남편은 아내의 뜻을 따라 준다.

심지어 그는 손녀의 웃음소리를 마음껏 들려주겠다는 듯, 거의 광대가 되어 웃기기 시작한다.

"서아야, 할아버지 공룡! 크아아앙!"
"꺄아아하아!"
-…공룡이다! 크아아아!

묵직하고 텁텁한 목소리의 공룡이 소리를 내자 서아가 반응한다.

서아는 목소리가 난 핸드폰을 만지작거리며 옹알이를 시작한다.

"알랄라라, 하버버…."
-어…? 할아버지라고 한 것 같은데?

"아바바바!"

-맞지?! 그치?! 으하하하! 벌써 정확하고 또박또박한 발음이라니! 내 손녀는 천재였어!

약간은 떨려 오던 목소리는 세상 누구보다 행복한 사람의 웃음으로 바뀌어 있었다.

자손이라는 건, 사람에게 그런 존재인 것이다.

"아우어어아…!"

-응, 그래그래! 그래쪄?! 어이구, 귀여운 것!

어쩌면 저렇게 좋을까.

설화는 아버지에게 조금은 미안한 감정이 들었다.

절로 눈시울이 붉어지던 그때였다.

"…여보, 우리 조만간 장인어른 댁에 좀 다녀올까?"

남편이 아주 작은 목소리로 속삭였다.

"아니, 그건 좀 그런데. 우리 언니들 말이야…."

하나 그녀는 고개를 젓고 본다.

사실은 아버지보다 오빠들이 더 싫은 그녀였다.

집안에 남자 하나 더 들어오면 나눠 먹을 회사 지분이 줄어든다던 오빠들이었으니까.

-언니들은 걱정하지 마라! 네가 불편하다면 안 부르마! 아니, 그것도 부담스러우면 밖에서 만날까? 식당을 빌려보마!

"…귀가 왜 이렇게 밝아?"

―하하! 이거, 뭘 어떻게 준비해야 하나?! 응?!

대체 그 작은 소리를 어떻게 들은 것인지, 아버지는 잔뜩 흥분하고 말았다.

어찌나 귀가 밝은지 제안을 한 남편조차도 당황할 정도였다.

"이거… 미안. 내가 소리를 작게 낸다는 게 그만."

"아니야! 서아도 자기 핏줄이 누구인지 정도는 알아야 하니까."

―….고맙다.

아직도 아버지는 밉다. 하지만 남편의 이런 노력을 곁에서 보고도 모른 체할 수는 없는 노릇이었다.

"알겠어요. 그럼 우리 남편 쉬는 날에 맞춰서 시간 내 볼게."

―그래! 알겠다! 기다리고 있으마!

진도가 너무 빠른 건 아닌가 싶기도 했지만, 딸을 저렇게 예뻐하는 아버지를 외면하기도 뭐했다.

'우리 남편이가 너무 착한 탓이지, 뭐!'

남편의 노력을 봐서라도 이번 한 번은 참아 보기로 한다.

'외로움이야말로 인간의 가장 큰 적이지!'

이렇게 적극적으로 부녀 사이를 회복시켜 놓으면 자연스레 손녀라는 존재가 장인에게 더욱 강렬하게 각인될 것이다.

그럼 외로움에 못 이겨 이상한 여자를 만나 결혼할 일도 없다.

"남편이 최고야, 정말…!"

"음? 뭐가?"

다소 복잡한 표정의 아내.

기쁘면서도 미안한 그녀에게 인호는 그저 모르쇠로 일관할 뿐이다.

"그나저나 우리 언니들, 보통 아닌데. 괜찮겠어?"

"괜찮아! 내가 그런다고 굴할 사람이야?"

"뭐, 그건 그런데…."

처형들도 그렇게 나쁜 사람들은 아니었다.

다만 아내를 진정으로 아꼈기 때문에 그녀가 가문을 등졌을 때의 배신감이 컸던 것뿐이다.

'3년이면 처형들의 마음을 돌리기엔 충분하지!'

뭘 하든 인호에겐 다 계획이 있었다.

"…고마워, 남편이! 까다로운 우리 언니들까지 다 이해해 주고. 남편이는 천사야!"

"하핫, 천사는 무슨. 이런 변태 천사가 세상에 어디 있어?"

어느새 인호의 손이 엉뚱한 곳으로 가 있다.

배시시 웃으며 인호를 툭 치는 아내.

"…짐승!"

"으흐흐!"

무드가 무르익을 때쯤.

인호는 아내에게 슬그머니 미래계획을 던져 본다.

"그… 있잖아! 내가 여보한테 할 말이 있는데 말이야.

"응? 뭔데?"

분위기도 말랑말랑하겠다, 인호는 아내에게 투자 얘기를 건네 보기로 한다.

"저번에 나 퇴사할 때 받았던 돈 말이지."

"퇴직금?"

"그래! 그거, 좀 써도 돼?"

"무슨 일인데 그래?"

이 돈은 가족을 위한 것이다.

아무리 미래에 대한 확신이 있더라도 아내의 동의를 구하는 게 먼저다.

'하나씩, 정석대로!'

아내에게 얘기해 줄 수 있는 선에서 최대한 진실을 말해 준다.

"내가 확실한 정보가 하나 있는데 말이야!"

"정보? 무슨 정보?"

"선물옵션 쪽에 상당히 좋은 정보가 있거든? 그래서 말인데…."

"해!"

"…응?"

아내는 정말 호탕하게 투자를 허가한다.

"여보가 하고 싶으면 해! 남편이가 열심히 일해서 번 돈이잖아!"

"그래도 우리 가정을 위한 돈인데…."

"대신 우리 모녀 밥만 굶기지 마. 그럼 돼!"

"…당신도 대학에서 투자가 뭔지는 배웠을 거 아니야. 무려 한국대를 나온 사람이."

아내는 대한민국 최고의 대학인 한국대를 우수한 성적으로 졸업한 재원이었다. 투자가 과연 무엇인지 누구보다 잘 알 사람이 이렇게까지 호탕하게 투자를 이해해 준다니.

역시 화끈한 여자다.

"당신은 우리 집 가장이지만, 남자잖아. 남자가 때론 모험도 해 봐야 하는 건데, 책임감 하나 때문에 인생에서 후회를 남기게 만드는 건… 여자로서 내가 싫어."

"…아!"

무조건 대박을 노리라는 게 아니었다.

아내는 일말의 후회가 남지 않도록 남편을 최대한 응원하고 싶은 것이다.

"가장으로서의 책임은 잊지 말되 남자로서의 기백도 잃지 마. 누가 그러더라고. 중압감과 책임감을 헷갈리지 마라!"

"…중압감!"

중압감이 인호를 덮쳐 왔을 때, 인호는 맹목적이고 매몰된 행동에 점점 죽어 가고 있었던 것인지도 몰랐다.

'옳고 그름을 잊지 마라…. 주옥같은 말이네.'

아내는 그런 사람이었다.

단지 인호 스스로가 그걸 잘 모르고 있었을 뿐.

"설화야…!"

"응?"

"…내 마누라지만, 진짜 졸라 멋지다!"

"헤헷, 내가 좀 그래!"

어쨌든 아내의 동의도 구했겠다.

이젠 투자로 팔자 바꿔 볼 준비를 해 볼 차례이다.

며칠 후, 월요일 출근길의 지하철.

사람들 틈바구니에 끼어 PDA를 들여다보고 있다.

[주문완료]
[통화선물]
[구매총액 : 25,000,000원]
[선물종목 : 달러]
[계약금액 : 1,250원(KR/W) : 1달러(US/D)]

시드머니 3,000만 원 중에서 2,500만 원을 지출했다.

'시드머니로 이 정도면, 뭐!'

팔라듐 폭락장은 대략 2~3월 사이이다.

아직 폭락 이슈가 터지기 전 이때쯤이 인호가 투자하기엔 최적의 시기라는 뜻이다.

'1월 3일 만기 통화선물을 구매하고 달러화 환전을 해 놓으면…. 한 달짜리 단기선물로 시드머니를 좀 불려 줄 수 있지!'

폭락은 팔라듐만 하는 게 아니다.

올해 터져 버린 닷컴버블이 일으킨 나비효과는 전 세계적으로 쇼크를 일으켰고, 그 버블붕괴야말로 풋옵션의 전성기인 것이다.

속으로 빅쇼트의 주문을 외우며 지하철에서 내린 인호.

그는 가벼운 발걸음으로 회사로 향한다.

영업팀 사무실에 들어가니 어쩐 일로 선배들 세 명이 먼저 나와 있었다.

"안녕하십니까!"

"막내가 빠져 가지고 말이야. 일찍 일찍 좀 다녀!"

시계를 바라보니 7시 30분이었다.

미국증시가 마감되기 직전에 맞춰 나왔건만, 저 사람들은 인호보다 더 일찍 나와 있었다.

'오늘은 해가 서쪽에서 뜨려… 아! 먹구름 때문에 해가 안 보이는구나! 어쩐지.'

어제부터 내린 눈으로 해가 보이지도 않는다.

그래서 그런지 평소에 안 하던 짓들을 다 한다.

"아무튼, 오늘은 무척이나 바쁠 테니까 시키는 일 잘 처리해. 알겠어?"

"넵!"

인호가 자리로 돌아가 서류가방을 정리하는데 선배 주현혁 대리가 말을 건다.

"어이, 막내! 오늘 스케줄 숙지 못 했지? 이거 받아!"

"아, 감사합니다!"

주현혁은 같은 영업팀 쓰레기이긴 해도 인호에게 그나마 잘해 줬던 사람이다.

'적어도 업무지시 정도는 해 줬었으니까…. 재활용은 되는 쓰레기 정도는 되려나?'

주 대리가 준 A4용지에는 '일미특수강 하청 협의'라는 글귀가 적혀 있었다.

대형 철강사와의 하청구조를 협의하고 조정하는 날이 바로 오늘이었다.

'드디어 디데이인가!'

미추홀제철은 아성철강의 제1 협력사이며 최대 원청회사이다. 대한민국 재계 1위였던 대현 그룹이 왕자의 난으로 산산 조각나면서 분리된 '대현차 그룹'의 계열사이며, 작년에는 '원강제철'을 인수해 형강 시장 2/3를 먹어 치운 기염을 토했다.

이런 상황 속에서 미추홀제철은 스테인리스강 최대 생산자였던 일미특수강을 인수하면서 시장점유 44%의 사실상 독과점을 이뤄 낸 것이다.

"일미특수강 인수된 거 알아?"

"네! 들어서 압니다."

모를 수가 없다.

이 순간이 아성철강에게는 일생일대의 분기점이 되었으니까.

'인수합병으로 약점이 너무 많아졌어…!'

철강업계가 급변하고 일대 사건이 연달아 벌어짐에 따라 아성철강과 미추홀제철은 연이 끊어지고 만다.

이때부터 아성철강은 끝도 없는 나락으로 떨어지게 된 것이다.

'…내가 오늘을 위해 칼을 간 거거든!'

이날을 위해 그렇게도 열심히 자료를 모아 놓았었다.

오늘이 바로 아성철강의 연혁에 길이 남을 날이 될 것이다.

"이제 제1 협력사로 업무 합병될 거니까 바짝 긴장해야 해. 알겠어?"

"넵!"

바쁘게 서류를 챙기던 오 과장이 짜증스럽게 한마디 툭 내뱉는다.

"막내한테 얘기하면 뭐 알아? 자기들 밥그릇이나 잘 챙겨!"

"아…, 뭐, 그렇긴 합니다만."

아직까지는 인호를 짐짝처럼 취급하고 있었다.

'오히려 좋아!'

무시를 받는다고 너무 속상해할 필요는 없다.

원래 인간이란 눈에 띄게 뛰어난 평가를 받았을 때 행동에 제약이 생기기 마련인 법이니까.

아마 출근 첫날부터 눈에 띄었다면 지금쯤 엄청난 견제를 받고 있었을지도 모른다.

'최대한 조용히 숨을 죽이고 준비한 보람이 있네!'

이 작전은 보안이 생명이다.

크게 한 방 터질 때, 아마 주변 사람들의 반응이 참으로 볼 만할 것이다.

긴장된 표정으로 조수석에 앉은 오 과장.

"…하여간 대기업 새끼들이란! 이렇게 갑자기 업무통합이라니, 말이 되나?"

투덜거리는 오 과장을 바라보며 인호는 고개를 가로젓는다.

'쯧! 너희들은 이게 문제라는 거야. 발등에 불똥 떨어져야만 움직이냐? 미리미리 준비를 했었어야지!'

인수합병이라는 게 원래 하루아침에 이뤄지는 것이 아니다.

미추홀제철이 일미특수강을 인수하겠다던 때가 무려 99년도였다.

공정거래위원회의 독과점 논쟁으로 유예가 되기는 했으나, 2000년 3월에 바로 MOU(양해각서)가 체결되었다.

이 정도 난리를 피웠으면 얼추 예상했어도 이상할 것이 없었겠건만, 이놈의 영업팀은 만날 놀러 다니기 바빠 항상 깨지기 일쑤였다.

운전대를 잡은 인호에게 오 과장이 불현듯 묻는다.

"아 참, 그 얘긴 또 뭐야. 어제 이선증권에서 무슨 프로젝트 발의했다면서?"

"아! 그거 말입니까? 제가 사장님께 제안을 하나 드렸었습니다."

"미추홀제철에게 무슨 생산의뢰를 해서 2차 가공품을 만든다고 했던가?"

"네! 그렇습니다."

"나 참, 살다 보니 알아서 일거리를 만드는 놈도 다 있군 그래. 그런다고 우리 영업실적이 올라갈 리는 없다는 걸 알아야지."

"아! 그렇습니까? 저는 몰랐습니다!"

원자재 수입 후, 1차 가공을 맡기는 과정에서 아무리 비용이 절감된다고 해도, 그것은 영업 성과가 아니다. 그렇기에 2차 가공품을 역으로 납품해도 역시 영업 성과는 인정

되지 않는다.

'후후, 지금까지는 그랬지!'

하지만 사장이 지시사항을 내릴 때 했던 말을 뒤집을 단서가 있다.

'프로젝트의 모든 것, 법적인 책임까지 모두 영업팀이 가지고 간다.'

한마디로 프로젝트의 모든 것은 영업팀의 것이니 그 공적 역시 인호의 것이라는 뜻이다.

물론 그 얘기를 옆에서 듣지 못한 오 과장으로서는 그야말로 계륵에 불과하다고 느꼈겠지만 말이다.

"아, 난 몰라! 자네가 알아서 해. 그딴 프로젝트 실패해도 그만, 성공해도 그만인 것을."

"맞아! 이번 건은 자기가 오버했어!"

팀의 또 다른 대리 김민우가 오 대리를 맞장구쳤다.

인호는 웃으며 고개를 끄덕인다.

"제가 팀에게 민폐 끼치지 않도록 잘 책임지고 끝내겠습니다!"

"…오, 그래?"

책임이라는 말은 회사원에게는 금기어이지만 인호에겐 오히려 도움닫기나 마찬가지였다.

'이런 노다지를 줘도 싫다니, 별수 있어?'

사람은 열심히 준비한 만큼 그 성과를 가져가는 게 인지

상정.

인호 혼자 이 모든 것을 준비했으니, 그 성과도 인호 혼자만의 것이 되어야 하는 것이다.

"오늘 방문하는 김에 미추홀 실무자 만나서 조율해 봐. 듣자 하니 수입 건수 같던데, 하는 김에 아예 거하게 수출 건도 하나 잡아 오시든가."

"하하! 그럼 대박이겠는데요?"

"계약을 하든, 면전에 대고 욕을 먹든, 알아서 혼자 다 해 쳐 드세요!"

안 그래도 그럴 생각이다.

그러려고 이 모든 것을 준비한 것이니까.

청천시에서 인천까지 가는 길을 화장실 한번 들르지 않고 단번에 달렸다.

"도착했습니다!"

"…음, 그래? 어이구, 잘 잤다!"

인호 한 사람만 빼놓고 전부 풀 취침의 숙면을 취했다.

속으로 고개를 절레절레 흔드는 인호.

'그래, 어제 룸방에서 아가씨들 빵댕이나 주물러 댔으니 피곤할 만도 하겠지!'

주색잡기 못 해서 한 맺힌 귀신이라도 붙었나, 저 사람들은 정말 질리지도 않고 유흥주점을 드나든다.

저 돈을 차곡차곡 모았으면 지금쯤 아파트 한 채는 샀을 텐데, 정말 한심하기 이를 데 없는 인간들이다.

영업팀은 비몽사몽인 채로 일미특수강으로 향한다.

"어이, 최인호 씨! 여기서부터는 두 팀으로 찢어지자고."

"팀을 나누자는 말씀이십니까?"

"주 대리가 막내 데리고 가서 미추홀제철 실무팀이랑 연결해 주고 와. 우리는 일미특수강이랑 얘기 좀 나누고 있을 테니."

인호를 챙기라는 소리에 주 대리의 표정이 단번에 일그러지고 만다.

"…일미도 아니고 미추홀제철이랑 겸상을 하라고요? 그건 좀 그런데."

"뭐가 그래? 최고의 제철회사 아니야. 그럼 좋은데 뭘 그래?"

미추홀제철은 IMF금융위기를 맞아 쓰러진 중소철강회사를 다수 인수하여 대한민국 제1의 특수강 회사로 발돋움했다.

이 과정에서 경기도의 수많은 제철회사들이 흡수되었기에 동종업계의 영업사원들 중에는 미추홀제철을 싫어하는 사람들이 더러 있었다.

'거참, 담당자를 배정해도 꼭!'

주 대리의 아버지는 경기도 남부의 제철회사를 다녔었고

공장장까지 올라갔지만 미추홀제철에 회사가 인수되면서 구조조정 당했다.

그걸 팀장인 오 과장이 모를 리가 없는데, 사람이 어쩜 저렇게 정나미 없는 짓을 하는지 모를 일이다.

"아닙니다! 저 혼자 다녀올 수 있습니다!"

"그 큰 프로젝트를 혼자 협상할 수 있다고? 안 될 텐데."

"만약 아니다 싶으면 과장님께서 쳐내시면 되죠!"

오 과장은 피식 웃으며 고개를 끄덕인다.

"뭐, 그래, 마음대로 해. 어차피 나한테 오기 전에 사장님 선에서 먼저 잘릴걸? 잘못되면 인호 씨 모가지도 같이 잘리는 거고. 뭐, 아무튼 열심히 해 봐."

"네! 그럼 다녀오겠습니다!"

어차피 사람이 많은 것보다야 혼자서 해 먹는 게 훨씬 낫다.

가벼운 마음으로 '생산관리 1팀'으로 향하는 인호.

그런 그의 뒤를 따르는 사람이 있었다.

"…같이 가."

"주 대리님!"

"어휴, 저 오리대가리 새끼를 그냥 콱!"

평소 오 과장에게 맺힌 것이 많은 모양인지 주 대리는 인호와 함께하는 것을 택했다.

'의외네? 저 세 사람은 절친 아니었나? 아! 하긴, 오 과

장 인성이 워낙 개판이긴 하지.'

새삼 놀랍지도 않았다. 오 과장이야 워낙 마이페이스인데다 사람 알기를 개코로 아는 인간이었으니까.

주 대리는 인호를 이끌면서 이것저것 확인하고 챙긴다.

"시일이 하루밖에 안 지났는데, 뭐 좀 나온 거 있어?"

"아! 제안서는 이미 어제 다 써 놨고, 관련 자료는 오늘 아침에 막 만든 참입니다!"

"…하, 그래?"

하루 만에 완성했다는 얘기에 주 대리의 표정이 썩 좋지가 않다.

아마 다급한 마음에 괴발개발로 보고서를 갈겨썼다거나, 신입이라 뭘 모르나 싶었던 모양이다.

인호는 속으로 빙그레 미소를 짓는다.

'몸 좀 풀어 볼까나?'

[대남아프리카 팔라듐 수입 계획서]

'…뭐야, 이 사람?'

미추홀제철 생산관리팀 안주형 과장은 아성철강이라는 작은 회사의 막내가 올린 보고서를 보곤 흠칫 놀라고 말았다.

호주계 영국인 광산재벌 '골드인 그룹'이 보유한 세계 제2대 니켈 광산 '골든펄'에서 팔라듐 생산량을 급격히 올리고 있다는 것이었다.

이 정보는 최근 미추홀제철이 주목하고 있는 아프리카와 일본의 '광물 비즈니스'와 아주 밀접한 관련이 있는 일이었다.

"이 정보, 어디서 난 겁니까?"

"출처는 비밀입니다만!"

"…이런 엄청난 사실을 드러내 놓고는 비밀이라고 하면 끝입니까?"

"어차피 수입은 저희가 하는 거고 미추홀제철은 제작만 맡아 주는 것 아니었습니까?"

"아니, 그래도 그렇지!"

최근 아프리카 광산 업자들이 일본의 자동차 재벌들과 접선하고 있다는 첩보가 입수된 적이 있었다. 이 사실은 동종업계 빼곤 모르는 사실이라 끝까지 대외비로 가지고 간다는 것이 모회사 대현차 그룹의 방침이었다.

한데 이 최인호라는 사람은 그 대외비를 뛰어넘어 두 세력의 접선이 시사하는 바를 완벽하게 관통하고 있었다.

'대체 정체가 뭔데…?'

골드펄에서 광물생산량을 늘리고 일본과 접선해서 물량 조달이 성사되면 팔라듐 가격이 떨어질 수밖에는 없다. 또한, 그와 동시에 골드인 그룹은 국제 팔라듐 생산량에 대한 지배력을 끌어올 수 있기에 지금이야말로 골드인의 러시

타이밍인 것이다.

안주형 과장은 고민에 빠졌다.

'이대로 우리가 1차 생산을 수주형식으로 받게 된다면, 원자재 문제를 어느 정도는 해결할 수 있겠지. 다만….'

이건 대현차 그룹에게 있어서도 참으로 반가운 소식 중 하나였다.

이러한 행동은 주주들에게 '우리는 유연한 사고방식으로 특수강 원자재의 수입 루트를 다변화해서 원자재 쇼크를 돌파할 수 있는 능력을 갖추었다' 라는 인상을 심어 줄 수 있을 테니까.

다만 문제가 하나 있다면 팔라듐의 수입 시점이었다.

"다 좋아요. 다 좋은데, 대체 팔라듐 가격이 어느 시점에 떨어질지 어떻게 안단 말입니까?"

"에헤이, 보고서는 끝까지 보셔야죠! 말미에 제가 적어놨잖습니까. 러시아랑 일본이 배꼽 맞추고 있다고요!"

"…네?!" 안 과장은 다시 보고서를 뒤지기 시작한다.

그러자 보이는 사실.

[…러시아국가 귀금속준비국(Gokhran) 및 수출관리국 외교동향 보고서]

[엔화결제 요청 사실확인…]

[출처 : 유엔]

"보시면 아시겠지만, 대량의 엔화결제 요청이 들어와 있다고 되어 있습니다. 대량의 엔화결제? 이 시점에서요? 요즘은 가스값도 바닥인데 대체 저 정도 엔화를 어디에 쓰려고요?"

"…허!"

다소 충격적인 사실.

보통의 사람이 단순히 대량의 엔화결제 요청만 있다고 이런 보고서를 쓸 수는 없다. 그렇다는 건 이미 사실관계를 확인하고 움직였다는 뜻이 된다.

'뭔가… 앞뒤가 달라. 이 인간, 러일 접선 사실을 이미 알고 보고서를 찾아서 끼워 넣은 거야. 그렇지 않고선 불가능해!'

온몸에 털이란 털은 다 서는 느낌.

대체 이 최인호라는 사람, 대체 어떻게 생겨 먹은 인간인 건가!

"제안이 별로면 철회하시죠!"

"…최 사원, 너무 몰아붙이는 거 아니야? 이게 무슨 거래처에서 결례야?"

"아! 결례를 범했나요? 죄송합니다! 아무튼, 마음에 걸린다면 제안서는 다시 가지고 가겠습니다. 어디 다른 회사랑 계약이라도…."

계약조건이 너무 좋다.

대체 어느 회사의 애널리스트가 이런 분석을 내놓을 수 있단 말인가!

다만 한 가지 걸리는 게 있었다.

"…아니요, 제안서는 놓고 가세요."

"오! 정말요? 감사합니다!"

"다만… 뭔가 좀 석연치 않은 구석이 있는데요."

"아! 그래요? 뭔데요?"

"이 정도 정보를 아무런 조건도 없이 넘긴다고요? 뭔가 원하는 게 있다는 소리로밖에는 안 들리는데 말입니다."

공짜점심보다 비싼 건 없다는 격언이 괜히 있는 게 아니다.

뭔가 찝찝하다는 느낌을 지울 수 없었을 때쯤, 사원 최인호가 슬그머니 미소를 짓는다.

"이게 뭐, 우리끼리 신의를 지키자고 내놓은 정보인데 말이죠! 원하는 게 뭐 있겠습니까?"

"…말해 봐요."

일단 한 번은 고사했지만 두 번은 고사하지 않는다.

"그렇다면 중국으로 가오샨 건설로 수출하는 철근물량, 저희에게 조금만 넘겨주십시오!"

"아…?!"

"이 정도 조건이면 서로 나쁘지 않을 것 같습니다만?"

"…가오샨? 진심이십니까?"

가오샨 건설과의 계약은 철근 가격 조정이 여섯 차례나 결렬되어 사실상 답보상태에 처해 있었다.

그런 계약 건을 가지고 가겠다니, 그 진위 여부가 궁금할 지경이다.

"가오샨 건설과의 협상 상태가 어떤지는 알고 하는 말입니까?"

"결론만 말하자면, 가격협상이 잘 안 되는 거잖습니까. 그렇다면 얘기는 쉽게 풀리겠죠. 우리 입장에서야 철근 가격, 그까짓 거 깎아 주면 그만이거든요!"

"…허!"

"딱 3개월만! 3개월만 넘겨주시면 우리가 알아서 요리해서 잘 먹겠습니다!"

고급정보를 제공한 것으로도 모자라 앓던 이까지 빼 주겠다니.

정보력에 수완까지 상당히 좋은 사람이다.

'…물건인데, 이 인간?'

물건 중에 물건, 그것도 아주 대물이었다.

"최 사원! 그게 무슨 결례야? 당장 철회해!"

"예…? 저는 제법 좋은 제안을 한 것 같은데요?"

"죄송합니다! 당장 철회하겠습니다! 그러니 부디…."

'…아, 나 저 새끼가 머리 아프게!'

차라리 가만히라도 있으면 중간이라도 갈 텐데.

옆에서 자꾸 정신 사납게 꼴값을 떨고 있으니 당사자만 입이 바짝 마를 뿐이었다.

"그…."

"죄송합니다! 당장 철회를!"

"…잠깐만요! 대리님은 좀 가만히 좀 계세요! 사람 심란하게 진짜!"

"헉!"

"시간을 조금만… 조금만 더 줘요."

이 계약은 아성철강이 이겼다.

아니, 어쩌면 앞으로 저 최인호라는 사람을 절대 이길 수 있을 것 같지가 않았다.

오 과장의 눈이 휘둥그레졌다.
"…뭘 건졌다고?"
"3개월 계약 3만 톤입니다!"
현재 철근 시세가 대략 29만 원 정도 된다. 이걸 대략 계산해 본다면 무역, 물류비용을 제외하고 87억 원이다. 그러니까, 3개월 동안 중국에 팔아먹으면 261억 원이 된다는 소리다.
"와, 하하! 이게 뭐야? 막내, 대체 무슨 짓을 한 거야!"
"그냥 뭐, 딜 조금 했을 뿐입니다!"
단일 계약으로는 아마 최초, 중국시장을 직접 뚫은 첫 계약일 것이다.
이런 대단한 마수걸이를 해 놨으니, 이번 달 실적은 당연히 인호가 탑이다.

심지어 그건 계약서에서 정확하게 명시가 되어 있었다.

[…위 계약이 성립됨을 확인합니다]
[프로젝트 담당자 : 최인호]

오 과장은 계약서를 보고 또 본다.

"나 참, 살다 보니 별일이 다 있네. 천하의 미추홀제철이 미쳤다고 260억이나 양보해?"

"중국에서 원하는 가격이 미추홀제철 마음에 안 든다는 모양입니다. 대신 원자재는 어느 나라 것을 써도 상관없다고 하고요."

"음…."

원자재 종료만 상관없다면 10%든 15%든 가격을 깎을 수 있다.

다만 이렇게 가격을 후려치는 건 아무나 할 수 있는 일이 아니었다. 그것도 남의 계약까지 빼앗아오면서까지 말이다.

"중국 쪽에서는 한국 유통 가격대비 5~7%를 디스카운트 쳐 달라고 했다는데, 우리가 6%로 고정해서 3개월만 빨아먹어도 그게 얼마입니까!"

"…아니, 그나저나 미추홀제철이 가격동결을 주장할 것

이라는 건 어떻게 알았어?"

"감이죠!"

업계에선 이미 정보가 파다해서 막내인 인호조차도 다 알고 있었던 게 바로 이 사건이었다.

미국이 135%라는 무식한 덤핑관세를 부과하자 미추홀제철은 중국으로 눈을 돌려 수출시장 돌파를 시도한다.

하나 중국 쪽에서 자꾸 가격을 후려치는 바람에 철근의 수출이 자꾸 좌절되는 마당이었다.

'그렇다고 철근 가격을 깎자니 이미 바닥이고, 시장을 당장 포기하자니 내년 재고가 걱정이고!'

이래서 미추홀제철은 내년에 있을 재고조정을 위해 대중 수출을 예단하고 있었고, 마침 그 타이밍에 인호가 딱 치고 들어간 것이다.

"대단하네…."

"감사합니다!"

"다음 달 실적도 좀 깜깜했는데! 아무튼 잘되었군!"

오 과장은 대놓고 이것이 팀의 실적이라며 숟가락을 얹기를 시전한다.

하나 인호는 속으로 피식 웃는다.

'미친, 해봐라, 그게 되나!'

우격다짐으로 될 게 있고 안 될 게 있다.

이번 프로젝트가 딱 그랬다.

아무리 우겨도 계약서에 도장이 쾅 찍힌 이상에야 절대 뚫고 들어올 틈이 없다.

'메롱이다, 이 새끼야!'

그날 오후.

오 과장과 함께 사장 집무실을 찾은 인호.

"…261억?"

"네! 사장님. 저희 막내가 팀을 위해 아주 대단한 성과를…."

"됐으니까, 오 과장은 나가 봐."

"…예?"

사장은 더 이상 말하기 귀찮다는 듯, 손을 휘휘 내저었다.

그러자 오 과장은 잔뜩 일그러진 얼굴로 집무실을 나선다.

"더 시키실 일이라도…."

"나가."

"…네."

아무리 생각해 봐도 이건 오 과장이 해낼 수 있는 일도 아니었고, 계약서에 인호의 이름이 떡하니 박혀 있어서 의심할 여지도 없었다.

장인은 실소를 흘린다.

"허 참, 살다 보니 별일이 다 있군. 아무리 장사꾼이라지만 천하의 미추홀제철에 작업을 걸어? 무슨 담이 이렇게 커?"

"뜯어먹을 곳이 있다면 당연히 뜯어먹어야지요. 그리고 대기업은 살이 두둑하잖습니까?"

"별 황당한…. 흠, 아무튼 수완 한번 좋군."

"감사합니다!"

"그런데 문제는 말이야, 우리가 원자재를 가지고 왔을 때, 그 가격이 얼마나 폭락할 것인지가 관건 아니겠나?"

"음, 뭐 그렇긴 하죠."

이 역시 도박수가 짙은 건수였다.

해외에서 원자재를 들여오는데 막상 가격이 지나치게 올랐다거나 하면, 그대로 사업은 망할 수도 있다.

아무리 1차 공정이 갑인 상황이라지만, 2차 공정품을 납품해야 하는 건 아성철강이 을의 상황이었으니까.

"그리고 문제가 하나 있어."

"문제라니요?"

"우리의 철강생산량이 연간 40만 톤인데 무슨 수로 12톤을 추가로 빼나?"

이것이 가장 큰 문젯거리였다.

3개월에 12톤이면 아성철강의 생산능력을 벗어나는 물량이라는 점이었다.

"할 수 있을지 없을지는 생산부에 물어봐야 하는 거 아닙니까?"

"…뭐?"

과연 아성철강이 30년 넘게 지속하면서 초과생산을 한두 번 해 봤을까?

인호는 아성철강의 잠재적 생산능력에 대해 익히 잘 알고 있었기에 이와 같은 선택을 할 수 있는 것이었다.

"불로소득으로 얻는 이윤에서 10% 정도를 보너스로 돌려주신다면, 생산직원들이 아주 열심히 일할 수 있을 것 같습니다만!"

"불로소득이라니, 그게 무슨 말이야?"

"제가 써 놓은 보고서 못 보셨습니까? 사재기 좋아하는 놈들한테서 삥 좀 뜯으려 했는데 말이죠!"

팔라듐 가격이 상승한 근본적인 이유는 무엇일까?

러시아의 물량조절? 그것도 맞는 말이긴 하지만, 더 심층적인 이유는 시장에서 누군가 물량을 싹쓸이했기 때문이었다.

"제 이론대로라면 팔라듐 현물을 3월까지 정상계약으로 가져오기는 어렵습니다."

"…그럼 저런 보고서는 왜 쓴 거야?"

"선물거래를 하면 되잖습니까!

"뭐…?"

"장인어른도 어느 정도는 예상하고 계셨던 것 같은데, 아니었습니까?"

아직 계약서에는 대표이사의 직인이 찍히지 않았다.

때에 따라선 장인이 계약을 파기시킬 수도 있을 것이다.

'아니, 그렇게 못 할걸!'

인호가 써 놓은 보고서는 장인도 읽어 보았다.

저 보고서를 읽고도 가만히 있다면, 그 사람은 사업가 기질이 없는 인간이다.

"…돈은 내가 벌 테니 너는 철근 뽑아낼 궁리나 해라?"

"회사의 조율. 그게 대표이사의 역량 아닙니까!"

피식 웃고 마는 장인.

"또 까부는군."

"해 주실 거죠?!"

"…앓느니 죽고 말지. 선물 구매하고 불로소득 챙기는 건 자네 몫, 나머지는 내가 알아서 할 테니 최선을 다해. 돈 날리면 그날로 자네는 내 손에 죽는 거야."

"아이고, 여부가 있겠습니까!"

확신만 있다면, 선물옵션도 나쁜 투자방법은 아니다.

'나빠? 아성철강의 미래를 바꿀 투자인데!'

"3개월 만에 12만 톤….'

"가능하겠어?"

공장장 허태석은 큰 고민에 빠지고 말았다.

아성철강은 월간 약 3만 톤 정도를 생산할 수 있기 때문에 3개월 만에 12만 톤을 생산하는 것은 크게 무리도 아니었다.

다만 문제는 기존의 물량을 소화하는 동시에 3만 톤을 찍어 내야 한다는 것이다.

"기존물량의 두 배를 찍어 내야 한다는 뜻이잖습니까?"

"그런 셈이지."

"흠."

허태석은 지금까지 20년 넘게 철근을 생산해 왔지만, 올해만큼 성적이 부진한 해도 없었다.

그런 그에게 생산량 증가라는 호재는 가뭄에 단비와도 같았다.

"저야 자신 있습니다만, 공장식구들이 문제로군요."

"그만한 보상은 할 거야."

"보너스로 말입니까?"

"성과급 제외하고 3개월 보너스로 일단은 10억 정도 챙겨 놨거든."

"…10억이요?"

"어쩌면 그보다 더 쏠 수도 있고."

머릿속으로 계산기를 굴리는 허태석.

지금의 근무는 교대 없이 하루 8시간을 생산하는 시스템이다. 이걸 조금만 연장한다면 물량은 충분히 나오고도 남는다.

"3개월 동안 주말 특근에 연장근무 신청을 받는다면 3만 톤이야 만들고도 남죠!"

"하지만 공장식구들이 그렇게 하겠어?"

"요즘 일거리가 없었잖습니까. 그래서 성과급이고 보너스고 극단적으로 줄어들어. 월급을 받는 것만 해도 감지덕지한 세월이 몇 년이었는데요?"

일이라는 게 그렇다.

평소엔 아무리 하기 싫어도 막상 일감이 없으면 불안하고 초조한 것이 인간의 심리가 아니던가.

"그나저나 이게 다 사장님 사위가 해낸 일이라는 거 아닙니까?"

"뭐, 그렇긴 하지."

"대단하군요. 아직 입사 한 달도 채 안 지난 것 같은데. 사실 이 정도면 영업실적 사상 최고점 아닙니까?"

팔라듐 수입으로 인한 수익에 철근 수출까지.

과연 인호가 얼마를 벌어들일지는 아직까지도 미지수다.

"그것도 프로젝트가 성사되어야 말이지만."

"지금 분위기상으론 가능할 것도 같은데요?"

사장도 알고 있다.

사위의 능력이 보통은 아니라는 것을 말이다.

"자네들도 느꼈나?"

"이 바닥에서 몇 년을 일했는데 원자재 가격변동 조짐도 모르겠습니까."

원자재는 재고에 따라서 가격이 변한다. 지금이야 팔라듐을 너 나 할 것 없이 쟁여 놓지만, 그게 과연 내년까지 이어질 수 있으리란 보장은 없다.

한데 요즘 국제경기가 심상치 않다.

"미국에 있는 지인이 그러더군요. 요즘 미국 내에서도 문 닫는 회사가 부지기수라고요."

"하긴 요즘 경기침체가 심각하긴 하지."

닷컴버블이 일으킨 나비효과는 실로 대단했다.

그동안 나스닥을 이끌었던 기대주들이 한 방에 무너져 내리면서 그들에게 여신을 내주었던 은행들까지 휘청이고 있다.

가장 큰 문제는 투자은행들이었다.

"부실채권이 너무 많이 쌓여서 수출입이 제한되고 있는 거랍니다. 대만에서는 반도체도 제대로 수출 못 한다고 하더군요."

"그래…, 그래서 반도체 가격도 많이 내려가긴 했지."

"제지회사들은 폐업한다고 난리입니다. 거기에 자동차는 또 어떻습니까?"

경기가 무너지니 물건도 안 팔리는 게 당연하다.

"최인호 사원이 날카롭다는 부분이 바로 이런 겁니다."

"취약한 부분을 찌르는 것 같은 느낌이라 이거지?"

고개를 끄덕이는 허태석.

아닌 척하고 있기는 해도 사장 역시 그 사실을 누구보다 잘 알고 있지 않을까?

"…날카롭기는 해. 싸가지가 좀 없어서 그렇지."

"일 잘하는 사람이 다 그렇지요, 뭐."

"그럼 뭐…. 아무튼 간에 생산은 가능하다 이거지?"

"물론입니다."

"좋아, 그럼 계약 성사시킬 테니까 열심히 만들어 봐."

"아 참, 수출입 관련 사항은 어떻게 한답니까?"

피식 웃는 사장.

"그 친구 종합상사 출신이잖나."

"아…!"

[매수주문 성사]
[시장 : 코스닥]
[나성제지 외 5개]
[주문총액 : 5,000,000원(KR/W)]

남은 시드머니를 제지 부문에 몽땅 털어 넣었다.

작년 대비 거의 70% 이상 떨어진 제지회사의 주가는 바닥을 찍다 못해 뚫고 내려갈 정도였다.

'바닥을 찍었으니 이제 올라갈 일만 남았겠지!'

새해가 밝으면 제지회사는 빛을 보게 되어 있다.

원자재 가격이 폭락하기 때문이다.

수지개선, 흑자전환이 불과 1개월 만에 이뤄지면서 제지 부문은 기사회생을 한다.

역대 최악의 지수라고 평가받는 2001년 증시에서 기적적으로 살아난 몇 안 되는 사업 부문이다.

'넣었다만 하면 대박이지!'

주가를 안다는 게 이렇게까지 짜릿한 일이었다니.

마치 결과를 알고 치는 고스톱 같은 느낌이다.

퇴근길 지하철에서 내려 집까지 가는 길.

아내에게 줄 치킨이라도 한 마리 사러 갈까 싶어 상가에 들렀다.

한데 저 멀리 아주 익숙한 실루엣이 보인다.

"설화?"

아내가 아이를 안은 채 상가 안으로 들어간다.

이 추운 날씨에 장이라도 보러 나온 것일까? 평소보다 일찍 퇴근한 인호는 웃으며 아내를 따라 들어갔다.

그런데….

"…가져오셨어요?"

"네, 여기…!"

누군가에게 쇼핑백을 건네는 아내. 그런데 주변을 연신 살피는 것이 어째 좀 수상해 보인다.

'…저게 뭐야?'

두툼한 쇼핑백을 슬쩍 확인한 중년의 남성은 아내에게 봉투를 건네준다.

"수고 많았어요. 삐삐 칠게…!"

"…네, 그럼!"

돈? 설마 부업을 하는 건가?

하지만 세상에 누가 저렇게 은밀하게 부업을 뛴단 말인가!

헤어질 때에도 행여나 주변에 들킬까 봐 조마스러워하는 것이 눈에 보인다.

'뭐지…?'

12월 말경.
[국제 팔라듐 시세]
[표준거래규격 : 온스]
[현재가 : 1,261달러(US/D)]

충격적인 팔라듐 가격상승이 이어진다.

시카고의 상품거래중개인들도 이런 경우는 처음이라며 혀를 찰 정도.

'슬슬 피크타임인가 본데?'

서울 역삼역 앞에서 PDA를 쳐다보고 있는 인호의 표정이 매우 진지하다.

[오늘의 환율 : 1,258원 / 1달러(원/달러)]

환율도 서서히 오르는 중이다.

인호에게 이것은 청신호였다.

그러나 어쩐지 일이 손에 잡히지 않는다.

'…그나저나 어제 그건 뭐였지?'

아내의 비밀스러운 행보에 머리가 복잡해진다.

설마 불법은 아니겠지. 만약 그렇다면 어떻게 타일러야 하는 거지?

매우 깊은 고민에 빠져 있던 그때.

"어이, 최 형!"

"이야! 오랜만이네?"

반가운 얼굴을 만나자 인호의 표정이 조금은 피는 것 같다.

"청천시로 가더니 얼굴 좋아졌네!"

"형은 어째 더 야위었다?"

"…그렇지, 뭐."

태림상사의 입사 동기 조유현이다.

인호와는 4살 차이가 나는 다소 부담스러운 동기이지만, 그래도 둘의 사이는 상당히 좋은 편이었다.

"어떻게 지냈어? 한 과장은 여전해?"

"말도 마라! 하, 진짜! 나도 이직 준비하고 있잖냐. 사람을 정말 어지간히 괴롭혀야지!"

태림상사에서 중개무역을 담당하고 있는 조유현은 오퍼상으로선 상당히 능력 좋은 사람이지만, 상사를 잘못 만나서 고생이 이만저만 아니었다.

"형도 이참에 이직해 버리려고?"

"…못 참겠어. 나이도 어린 새끼가 꼬박꼬박 반말에, 가끔은 욕도 지껄인다니까!"

회사생활이 다 그렇듯, 조유현도 가슴속에 사직서 한 장을 품고 산다.

물론 그걸 꺼내 놓을 일은 한 번도 없었지만 말이다.

"아무튼 간에 갑자기 무슨 오퍼 요청이야?"

"나 혼자 해도 되는데, 이게 또 무역회사를 거쳐야 편하잖아!"

"뭐, 그렇기는 하지. 무역영업사원 출신인 네가 오퍼 요청을 하니까 기분이 좀 묘한데?"

태림상사에서 인호는 제법 굵직한 프로젝트를 완수하면서 중국, 러시아 쪽 무역라인을 꽉 잡게 되었다.

덕분에 아는 오퍼상도 많았고 무역관계자들과도 두루 친하게 지내면서 인맥을 많이 쌓았다.

"아무튼 간에 요청 좀 할 테니까 형이 잘 좀 처리해 줘."

"다른 사람도 아니고 네 요청인데, 잘해 줘야지! 따로 원하는 포워더나 해운사가 있어?"

"업자들 리스트는 이미 뽑아 놨지!"

무역을 업으로 삼았던 만큼 혼자서 무역을 해도 충분했다. 심지어 인호는 세법에도 지식이 해박했기 때문에 관세사 없이도 어느 정도는 부과관세 추정도 가능할 정도였다.

그러나 혼자서 하는 일은 반드시 탈이 나기 마련이다.

'그 복잡한 업무를 혼자서? 영업사원 한 명이 할 만한 일은 절대 아니지!'

픽업 된 업체들의 서류를 건네는 인호.

유현은 서류를 검토하면서 툭 던지듯 묻는다.

"그나저나 골드인 그 까다로운 놈들이 아성철강이랑 맨투맨으로 거래를 터 줄까?"

"그래서 선물거래를 하려는 거야. 투기꾼들은 분명히 상승장에 돈을 발라 놓을 거란 말이지? 그렇게 되면 나중에 결국엔 옵션을 포기하는 상황에 이르게 될 거야. 그럼 선물시장에 있던 매매 권한이 다 어디로 가게 될까?"

"…아하! 주인이 없어진 매입 권한을 헐값에 사들이려는 거야?"

"빙고!"

이것이 바로 인호가 가지고 있던 신의 한 수였다.

팔라듐이 달러당 200달러까지 내려가면, 그 이상으로 돈을 걸었던 사람들은 서둘러 선물옵션을 매각할 것이다.

그때가 된다면 선물매입 권한을 가진 사람들도 서둘러서 청산절차를 밟게 될 것이기 때문에 현물인도 권한을 싸게 살 수 있다.

"이야, 확실히 우리 회사 에이스답네!"

"그치? 그러니까 오퍼 비용 좀 깎아 줘!"

"엥…? 여기서 깎아 달라는 말이 왜 나와?"

"동기 좋다는 게 뭐야?"

여기에 인맥 찬스로 오퍼 비용까지 깎으면 순수익이 더 올라간다.

웃으며 인호의 조르기에 넘어가 주는 유현.

"하하, 알겠어! 회사에 얘기해서 최저비용으로 잡아 줄게. 최저비용은 너도 잘 알지?"

"아이고, 형님! 감사합니다요!"

"짜식이 오버하긴!"

무역을 중개하는 오퍼상은 운송장(인보이스)에 적힌 총비용에서 최대 5%까지 오퍼 비용으로 청구한다. 이 비용을 최저로 잡으면 무역에 소요되는 큰 금액을 아낄 수 있기 때문에 수지상승에도 도움이 된다.

"크! 이런 날엔 소주 한잔해야 하는데. 그치?"

"큭큭, 옛날 생각나네!"

이 시점에선 불과 몇 개월 전의 일이지만, 회귀자 입장에선 무려 30년이나 지난 일이었다.

'…그래, 그럴 때가 있었지!'

바빠서 미처 생각지도 못했던 오랜 친구와의 만남에 기

분이 좋아진다.

"이참에 오늘 저녁 콜?"

"그래, 콜!"

마음 맞는 친구가 있다면 그 술자리야말로 황금 같은 시간이 아닐까?

지글지글 꼼장어 익어 가는 소리가 침샘을 자극한다.

치이이이익!

잘 익은 꼼장어를 뒤집은 인호는 조유현의 푸념에 쓴웃음을 짓는다.

"뭔 놈의 원자잿값이 그렇게 뛰냐! 아주 중간에서 싹쓸이하는 새끼들 때문에 죽을 맛이다!"

"왜? 또 누가 중간에서 우리 형 대가리를 자꾸 쳐 대?"

"펄프 말이야 펄프! 제지업자들이 허구한 날 전화해서 이놈의 펄프 가격은 왜 안 떨어지냐고 성화잖냐. 누군 뭐, 비싸게 가지고 오고 싶어서 그러나?"

"비축해 둔 재고 있을 거 아니야."

"…그걸론 턱도 없다잖냐. 나 참!"

이쪽도 사재기꾼들이 판을 친다.

톤당 400달러에 거래되던 펄프가 840달러까지 오르는 데 걸린 시간은 불과 6개월 남짓.

그 이후로 펄프 가격은 계속해서 고공행진 중이었다.

게다가 환율급등으로 시기도 좋지 않았다.

'그래, 괴롭겠지! 지금이야 제지회사들이 비명을 지르고 있겠지만, 그것도 얼마 안 갈걸?'

펄프 가격은 2001년이 되자마자 폭락한다.

지금까지 생산량이 증가했던 펄프의 재고가 수요를 한참이나 앞지르면서 생긴 자연적인 거품붕괴였다.

심지어 그 낙폭은 사상 최대일 정도였다.

"오늘 아침 환율정보 봤어?"

"…봤지."

"이제 곧 달러화 가치도 오르고 원자재 가격도 내릴 거야. 걱정하지 마!"

"하…! 제발 좀 그랬으면 좋겠다."

참으로 고달픈 인생이다.

인호는 언젠가 한 번, 전생에 들었던 유현의 슬픈 소식을 떠올린다.

'뇌출혈에 당뇨…. 아니야, 형! 이렇게 괴롭게 살 필요까진 없어.'

만병의 원인은 스트레스다.

그 스트레스의 일부분이라도 덜라는 뜻으로 인호는 아주 짧은 힌트를 준다.

"형! 나 믿어?"

"…믿지, 그럼. 한때 우리 회사 톱이었는데."

"그럼 나 믿고 펄프재고를 딱 한 달만 받지 마."

유현은 도무지 무슨 말인지 모르겠다는 듯, 고개를 갸웃거린다.

"어…, 뭐, 그렇게 할 수는 있는데. 그렇게 해서 뭐 달라질 게 있을까?"

"달라지는 거? 있지! 보관비용 빠지고, 펄프 가격 하락으로 생기는 손실 사라지고!"

부피가 큰 물품은 보관비용이 많이 발생하나, 그 단위당 가격이 그리 높지 않은 것이 가장 큰 맹점이다.

"만약 내년에 펄프 가격 빠지고 보관비용만 상승해 봐! 형만 나가리 되는 거야."

"…확실히 그렇긴 하지. 그렇지만 클라이언트들 성화는 어떡하고?"

"그 사람들, 재고 실사나 한번 제대로 해 보라 그래. 아마 자기들 스스로도 깜짝 놀랄걸?"

지금은 제지업계의 과당경쟁이 심각한 상황이었다.

다만 문제가 하나 있다면, 스스로도 지금 이 재고량이 자사에 미칠 위험을 미처 인지하지 못하고 있다는 점.

"재고량… 을 파악하라고?"

"지금이야 중국이나 미국에서 펄프제품을 사 준다고 굳게 믿고 있는 거잖아. 하지만 만약 철근처럼 덤핑판정이라도 받는다면?"

"어…?!"

"얼마 전에 미국에서 들여오던 고철 덩어리도 지금 계류 중이잖아. 지금은 그런 시기라고."

과당경쟁에 괜히 오퍼상 등만 터질 텐데, 차라리 지금 욕 좀 먹고 마는 게 낫다.

유현은 인호의 말을 듣곤 한 2~3분쯤 말이 없었다.

그러다 소주를 한 잔 벌컥 들이켠다.

꿀꺽!

"크흐! 좋아, 뭐! 우리 회사 톱인 인호가 얘기한 건데. 한번 들어 보지, 뭐!"

"그래, 잘 생각했어! 가뜩이나 중간에서 사재기하는 놈들 때문에 스트레스 받는 거, 괜히 사기꾼들 배 불려 주지 말고 형도 마음 편하게 가져!"

"…그래, 그게 맞지! 생각해 보니 네 말이 맞아. 내가 오퍼상이지, 무슨 창고지기야?!"

"맞아! 그건 아니지!"

"자자, 한잔해! 2차는 내가 산다!"

사람이 이렇게 숨 쉴 틈이 있어야지, 스스로를 너무 몰아붙이며 압박감을 갖는 건 좋지 않은 일이다.

시간은 흘러 1월 1일이 되었다.

전 세계는 뉴욕증시의 호황을 기대하며 단꿈에 젖어 있

었고, 인호의 통화선물은 이제 만기 이틀이 남은 상황이었다.

"남편이! 떡국 먹자!"

"우와, 고기를 엄청 넣었네?"

"히히! 기왕지사 먹는 거, 맛있으면 좋잖아!"

신정이라 하루 쉬는 날, 인호는 가족과 함께 시간을 보낸다.

딸의 떡국에는 간을 하지 않고 소고기는 곱게 갈아서 미음떡국을 만들었다.

"짭짭…! 꺄아아아!"

"헤헤, 맛있어?"

"암마마마!"

"어이구, 마이쪄?! 많이 먹엉!"

밥상을 준비하는 동안 딸의 이유식을 먹이는 아내의 얼굴에 웃음꽃이 가득하다.

바로 그때.

"어옴마!"

"…어?"

"지금 엄마라고 한 거야?!"

"엄마, 맘마마마마마마!"

"와, 엄마래!"

옹알이가 또렷해졌다.

정확하게 엄마라고 말했다.

"와…! 애가 이젠 말도 할 줄 아네?"

"힘들게 키우는 보람이 있다! 그치!"

"그러게 말이야. 와, 설화야 진짜 고생 많았어!"

"히힛, 내가 뭘? 밖에서 돈 버는 남편이 고생이지!"

딸의 첫 마디를 바로 앞에서 듣게 될 줄이야.

1월 1일이고 12월 31일이고 매일 회사에만 있었던 인호로서는 그야말로 새로운 기분 그 자체였다.

'신비롭다고 해야 하나…?'

인호는 가슴이 벅차오름을 느낀다.

넋이 약간 나간 인호에게 아내가 대뜸 상자를 하나 건넨다.

"짜잔!"

"음…? 이게 뭐야?"

"선물! 한번 풀어 봐."

"선물을 샀어? 오늘이 무슨 날도 아닌데?"

"입사선물이야! 지금까지 내가 경황이 없어서 못 챙겼잖아. 오늘은 신년이고 해서 큰맘 먹고 준비했지!"

포장지를 뜯어 보는 인호.

내용물을 보니 시계다. 그것도 스위스 브랜드의 고가였다.

"…이거 비싼 거 아니야?"

"헤헷! 내가 힘 좀 줬지!"

"아니, 이거 50만 원도 넘는 거잖아!"

"밖에서 열심히 일하고 다니는 사람이 시계 하나도 없이 산다는 게 안쓰러웠거든! 그래서 하나 사 봤어."

"내가 주는 생활비도 빠듯할 텐데, 언제 이런 걸…."

순간 인호는 저번에 봤던 그 장면이 떠올랐다.

"설마 저번에 봤던 게 아르바이트…?"

"저번에 봤던 거라니?"

"사실은 말이지…."

상가에서 봤던 그 장면에 대해 얘기하는 인호.

그 얘기를 들은 아내는 황당해하면서도 인호를 귀엽다는 듯이 쳐다본다.

"어머, 이상한 거래?! 쿡쿡쿡! 오빠는 영화를 너무 많이 봤나 보다! 동네 사장님들 상대로 장부관리 알바를 한 거야!"

"…엉? 정말?!"

"CPA가 있긴 있는데, 그게 수습을 안 떼서 말이지. 취업은 좀 그런데 알바는 뛸 수 있어. 장부정리 정도라면!"

한국대 경영대는 3학년이 되면 거의 상당히 높은 비율로 CPA를 패스한다.

아내 역시 그랬던 것. 그렇기에 그런 아르바이트도 할 수 있는 것이었다.

"아니, 그런데 왜 그렇게 비밀리에 그런 거야?"

"아! 그거? 경화자원 사장님 바로 옆집에 동네 회계사 사무소가 있거든. 자기 처남이 하는 건데, 하도 못 미더워서 나한테 맡긴 거래!"

"아하! 그래서 싸움이 날까 봐⋯."

"응! 그나저나 진짜 귀엽네! 어떻게 그런 생각을 했어?"

"아, 아하하⋯!"

"꺄하하하!"

인호가 웃으니 딸도 따라서 웃는다.

소소하지만, 작은 오해가 풀리자 웃음꽃이 만개한다.

"그런데 말이야! 내가 장부정리를 해 주다가 본 건데, 이게 원래 이런 거야?"

"음? 뭐가?"

"경화자원 사장님이 나한테 맡긴 건데, 아무리 생각해도 이해가 안 돼서!"

무심결에 아내가 건넨 장부를 훑어보는 인호.

'⋯뭐야? 이게 여기서 왜 나와?!'

인호의 눈이 보름달처럼 휘둥그레진다.

제5장
입찰 새치기

[뉴 밀레니엄 첫해 기대감 상실, 뉴이어 미러클 허상으로…]
[…나스닥 지수 7.2% 폭락]
[뉴욕증시 개장 이후 7번째 최대폭락…]

크리스마스 랠리 이후, 증시반등을 기대했던 나스닥이 완전히 폭삭 주저앉고 말았다.
원달러 환율은 상승했고, 달러당 무려 50원 상승이라는 진기록을 남겼다.

[통화선물 : 만기]
[현재 환율 : 1,300원/1달러]

'예스!'

예상대로였다. 지금부터 전 세계적인 폭락장이 시작될 것이다.

인호는 이 돈을 과감하게 투자한다.

[선물옵션]
[풋옵션]
[만기 : 3월 3일]
[종목 : 펄프 선물(현재 가격 : 840달러)]
[프리미엄 : 34달러]
[거래승수 : 50]
[개수 : 25]
[옵션행사가 : 840달러(단위 : 톤)]
[위탁증거금 : 14,330달러]
[유지증거금 : 11,412달러]

풋옵션의 가격산정을 단순히 계산하면 '만기 가격-행사가-프리미엄=수익'으로 정해진다.

예를 들어 펄프 가격이 600달러까지 떨어진다고 가정하면, 840-600-34=206이 된다.

이것을 50개씩 25번 계약했으므로 206,000이 될 것이다.

즉 단순계산으로만 따졌을 때, 국제펄프 가격이 600달러까지만 떨어져도 현재 환율 1,300원 기준으로 267,800,000을 벌게 된다는 뜻이다.

'질러 버려!'

제대로 된 역배팅이다.

미소를 띤 채로 PDA를 바라보던 인호.

-열차 출발합니다.

"잠깐만요!"

어디선가 다급한 목소리가 들려온다.

인호는 웃으며 출입문에 발을 슥 내밀었다.

삐비!

-출입문 열립니다!

"…아, 진짜! 뭐 하는 겁니까?"

"하하, 죄송합니다! 저기 사람이 달려오고 있어서요!"

작업복 차림으로 부리나케 달려오는 사람.

임희석 대리였다.

"아이고, 감사합… 어?!"

"아슬아슬하게 세이프!"

인호를 알아보곤 꾸벅 고개를 숙이는 임 대리.

"이번이 두 번째네요! 정말 고맙습니다!"

"에이! 같은 회사 식구끼리 고맙긴요."

"와, 진짜! 최인호 사원은 제 은인이에요!"

사실 전생의 인호는 임 대리와 친해질 기회가 얼마든지 있었다.

하나 한번 불편해진 사이는 좀처럼 좁혀질 줄을 몰랐기에 그저 비겁하게 숨기 바빴던 것이다.

'사람 정이라는 게 뭔데? 불편함도 이겨 내야 인연이 되는 거지!'

불편한 사이일수록 정답게 다가서는 것이 필요하다.

전생엔 그걸 몰랐기에 생산과 실무진 사이가 그렇게도 나빴던 것이다.

"아 참, 얘기 들었어요. 중국으로 철근 수출하는 계약을 따냈다면서요?"

"아! 그거 말입니까? 그냥 옵션으로다가 작게 하나 따낸 것뿐입니다!"

"안 그래도 다들 밥그릇 빼앗길까 봐 조마조마했는데, 얼마나 기뻐하는지 아십니까?"

"초과근무 때문에 고생이 심할 텐데요?"

"일 없어서 빈둥대는 것보다야 초과수당이라도 받는 게 낫죠."

아성철강도 IMF금융위기의 파고를 넘은 회사다.

망할 뻔했던 적이 한두 번이 아니었고, 최근까지도 고용 불안은 계속해서 이어져 오고 있던 것이다.

"그나마 정리해고를 당한 사람이 없다는 게 얼마나 다행인 줄 아십니까? 이 시기에 회사에서 잘리면 재취업하기도 녹록지 않아요."

"밥그릇 지키는 게 제일 중요하긴 하죠."

"그래서 최인호 사원이 우리 생산직에게는 은인이란 말이죠."

숙련된 생산직원은 돈으로 살 수 없다. 스카우트를 하고 싶어도 10년 이상 숙련된 기술공은 건드리지 않는 게 업계의 불문율이다.

'그래, 이 시기쯤에 철강업계에 찬바람이 불었었지…!'

지금 기술자들을 쳐내면 아성철강에는 미래는 없다.

그걸 알면서도 살을 깎아 낸 회사의 고통이야 이루 말할 수도 없었다.

하나 이제는 다르다.

'백년기업의 근간을 다지는 첫걸음이라고나 할까!'

탄탄한 생산기반만 갖추고 있어도 회사는 망하지 않는다.

"삼익철강이랑 양인철강이 이번에 문을 닫는다더군요. 그래서 우리 공장이 더 불안했던 거고요. 이런 시기에 정말…. 고맙다는 말로는 표현이 안 되네요."

"고맙긴요! 같은 식구끼리."

임 대리는 진심으로 인호에게 감사하고 있음이 얼굴이 훤히 드러나 있다.

이 정도면 앞으로 공장식구들과 척지는 일은 없을 것이다.

'이 기회에 생산기반을 좀 더 견고하게 다져 볼까?'

빙그레 웃는 인호.

"임 대리님! 제가 부탁이 하나 있는데 말입니다!"

"부탁이요? 오! 뭐든 말씀만 하세요! 뭔데요?"

"문 닫는 공장 사람들과 혹시 연줄이 닿으십니까?"

"그럼요! 다 같은 동네에서 일하던 사람들인데. 그런데 그건 왜요?"

"설비 좀 싸게 들여올 수 있나 해서요!"

"…아!"

출근하자마자 찾은 사장 집무실.

"…뭘 사자고?"

"제강설비 말입니다!"

장인은 아침부터 설비확충에 대해 역설하는 사위를 보며 이해가 안 된다는 듯이 묻는다.

"지금 돈 몇 푼 벌었다고 벌써 설비확충 얘기가 나오는 거야?"

"몇 푼이라니요! 불로소득. 제가 최소 100억대라고 말씀 안 드렸습니까?"

"…100억으로 무슨 설비를 한다고 그래? 자네 참 철이 없군."

제강설비는 100억으로 어찌해 볼 수 있는 물건이 아니었다.

그건 인호 역시도 아주 잘 아는 바였다.

"하지만 그건 다 중고잖아요!"

"…설비에 중고가 어디 있어?"

"있죠! 요즘 같은 시기에 제강설비를 제값 주고 처분할 수 있을 확률이 얼마나 되겠습니까?"

철근 가격이 상승하고 있는 이때, 언뜻 보면 철강업이 전성기에 들어섰다고 볼 수도 있다.

하나 이것은 착각에 불과했다.

정말 전성기에 접어들었다면 삼익철강이나 양인철강이 망했을 리가 없다.

"오늘 철근값 공시를 보니까 톤당 30만5천 원이 넘었더라고요? 그런데도 회사가 망한다…. 그만큼 경기가 안 좋다는 거 아닙니까? 채산성이 안 나오니까요!"

"…올해 철강경기가 바닥이긴 하지."

"철강만 바닥이겠습니까? 죄다 바닥을 기어 다니고 있죠! 그런데 제강설비를 제 돈 주고 사 줄 사람이 있을 리가 없잖습니까?"

"흠."

옵션을 매입한 이유는 회사의 여윳돈이나 장전하자는 게

아니었다.

그 돈으로 회사의 탄탄한 기반을 만들겠다는 것이다.

"올 3월에 옵션 만기입니다. 그때 우리가 벌어들인 수익이 200억을 넘긴다면, 설비를 확충하실 생각이 있으십니까?"

"…나랑 지금 내기를 하자는 건가?"

"만약 내기라면 응해 주시겠습니까?"

장인도 인호의 생각에 동감하는 눈치이긴 했다.

다만 오너는 그렇게 쉽게 결정을 내릴 위치는 아니었다.

"미래를 바라봐야 설비를 확충하지. 당장 3개월 일하자고 설비확충에 수백억을 쏟을 수는 없어."

"그거야 그렇죠. 저도 장인어른의 생각에 동감합니다!"

인호는 장인의 생각에 전적으로 동감한다.

다만 인호에겐 확신이라는 게 있었다.

"오늘 아침에 소식 들으셨습니까? 연준에서 기준금리를 인하한다고요."

"당연히 들었지."

"그럼에도 불구하고 환율이 올랐습니다. 그만큼 미국 내 달러화가 말라비틀어지고 있다는 소리죠."

"흠…."

"최소 올 상반기 정도에는 저금리 기대 때문에 부동산 경기가 살아날 겁니다. 지금 당장만 해도 전세매물이 귀하다고 하는 판에 말입니다."

저금리는 부동산 버블을 조장한다. 한동안 잔잔하게 가라앉았던 한국의 부동산 시장이 다시 활기를 되찾기 시작한 것이다.

"지금 입찰을 마구 걸어서 계약을 따내고, 대만이든 일본이든, 추가 수출 루트만 제대로 잡는다면 최소 3년은 매출 걱정 안 해도 될 겁니다!"

"입찰이 그리 쉽나? 국제상사 다녔었다면서 그걸 모를 리가 없을 텐데."

그렇다. 경쟁입찰은 단 몇만 원 차이로 승패가 갈릴 정도로 치열한 전쟁터다. 그런 전쟁터에서 낙관주의는 통하지 않는다.

하나 그게 회귀자라면 어떨까?

"제가 1월 한 달에 입찰을 네 개 따오겠습니다. 그럼 설비확충에 대한 제 의견을 들어주시겠습니까?"

"자신 있는가 보지?"

"넵!"

설득에는 증명이 필요하다.

그 증명의 기회는 오로지 한 사람, 결정권자에게서 나온다.

"좋아, 해봐."

"감사합니다!"

"대신 두 번의 기회는 없어."
"물론입니다!"
실패할 일은 절대로 없다.
고로 이건 증명의 기회다.

같은 팀 주 대리가 인호에게 입찰공고 리스트를 건넨다.
"자, 여기."
"감사합니다!"
"그나저나 진짜로 입찰에 참여해 보려고?"
"네, 그럼요!"
지금까지 아성철강 영업팀은 입찰에는 관심조차 보이지 않았었다.
입찰현장은 영업력을 아무리 쏟아붓는다고 해도 몇몇 유통사들이 자기들 마음대로 가격을 후려치는 '도둑입찰'이 성행하는 곳이기 때문이었다.
하나 이제는 얘기가 달라졌다.
'진짜 도둑이 뭔지 내가 제대로 보여 주겠어!'

[건축사 자재조달사업자 선정 입찰공고]
[1월 3일 대영종합건설 - 공사비 총액 561억]
[1월 7일 청천제일토건 - 공사비 총액 261억]
[1월 15일 한유토건 - 공사비 총액 211억]

[1월 17일 JI종합건설 - 공사비 총액 861억]
[2월 1일 UPS빌딩스 - 공사비 총액 661억]
…
[1/4분기 총 입찰 21건]
[이하 여백]

현재 철근 단가는 톤당 30만5천 원 선.
작년에 비하면 벌써 1만5천 원 정도가 오른 것이다.
다소 거품이 끼었다.
벌써부터 중간에서 철근 단가를 후려치는 사재기꾼들이 생기기 시작했다는 뜻이다.
'옛 한번 거하게 먹여 볼까나?'
빙그레 미소를 짓는 인호.
주 대리는 그런 인호에게 걱정스레 묻는다.
"경기도 입찰은 쉽지 않아. 동서남북에서 미친 듯이 회사들이 밀려든다니까? 그것도 카르텔까지 형성해서 말이야."
"어차피 가격만 맞으면 우리가 먹는 거 아닙니까?"
"방금도 얘기했잖아. 경기도에 있는 철근조합만 몇 개인데, 그 사람들이 가만히 있겠어?"
철근 카르텔, 이놈들이 바로 가격을 올리는 주범이다.
제일 황당한 건, 자기들 마음에 들지 않으면 어떤 방식으로든 사람을 굶겨 죽이겠다고 발광한다는 점이었다.

"저한테 신의 한 수가 다 있단 말이죠!"

이 세상은 철저한 약육강식의 세계다. 승자독식의 세계이며 냉혈한들이 판을 치는 곳이다.

그런 늪지대에서 인호는 악어로 군림할 수 있다.

"거참…, 그래도 안 될 텐데?"

"에헤이, 정말이라니까요?!"

인호는 승리할 자신이 있었다.

물론 같은 팀에서 봤을 땐 그저 한심한 짓으로밖에는 보이지 않을 것이다.

"중국진출 건 하나 따냈다고 기고만장이네. 내기할까? 입찰에 하나라도 성공하면, 내가 그때부턴 대리가 아니라 최 사원 꼬붕이야."

심지어 김 대리는 그 유명한 캐삭빵을 걸었다.

인호는 그 캐삭빵을 아주 열렬하게 환영해 준다.

"오, 정말로요?!"

"속고만 살았나. 공증이라도 받아 줘?"

"과장님! 증인 좀 서 주십쇼!"

아침부터 어디론가 문자를 보내던 오 과장이 짜증스레 고개를 젓는다.

"…나 지금 바빠. 개소리할 거면 나가서들 해."

"에이, 한 번만 서 주십쇼!"

"아, 젠장! 그래, 서 줄게! 됐지? 시끄럽긴 정말. 내가 나가든가 해야지, 원!"

오늘따라 유난히도 날이 서 있는 오 과장.

인호는 그 이유를 알기에 더욱 그에게 집적거린 것이다.

'괴롭겠지. 그래, 충분히 괴로울 거야!'

미래에서 온 인호야말로 지금 오 과장이 왜 저러는지 누구보다 잘 알고 있었다.

이제 곧 오 과장에게 목줄을 맬 기회가 올 것이라, 인호는 확신했다.

한편, 주 대리는 과장이 증인을 선다는 얘기에 잔뜩 흥분한다.

"난 그럼 최 사원한테 10만 원!"

"…우리 셋밖에 없는데 무슨 돈을 걸어?"

"난 그래도 최 사원한테 10만 원! 쫄리면 뒈지시든지!"

"쫄리긴, 콜!"

속으로 피식 웃는 인호.

'큭큭! 개 쪽팔리고 10만 원도 날리게 생겼네?'

아성철강의 장녀 윤설희의 집.

"…중국 수출?"

"대체 무슨 마법을 부렸으면 철근 카르텔이 입맛 다시던 가오산 건설 수출 건을 앞에서 홀라당 쓸어 갈 수 있는지.

나 참, 알다가도 모르겠다니까."

공정위원회 서울사무소 제조하도급 과장 윤설희.

청천은행 대출관리과장인 남편의 넥타이를 매어 주다가 의외의 소식을 듣게 되었다.

"그렇게 능력자처럼 보이지는 않았는데."

"당신도 그때 잠깐 본 게 다잖아? 듣기론 태림상사에서 에이스로 불렸다던데 말이야."

"…그래?"

"뜬소문은 아니던데? 내 동기가 태림 그룹 전략기획실에 있는데 말이야! 그 친구 말이…."

"……."

"여보?"

막냇동생과 마지막으로 본 게 3년 전의 일이다.

그때 제부라는 사람에게 막말을 쏟아냈던 게 생각이 난다.

'…근본 없는 사람이 다 그렇지, 뭐!'

결국 동생과 말다툼을 하다 사이가 틀어졌고, 지금까지 자매는 연락 한 통 없이 지내는 중이었다.

잘 매고 있던 넥타이를 대충 신발 끈 묶듯이 묶어 버렸다.

"…타이가 너무 이상하게 매였는데?"

"아, 미안."

"당신답지 않게 넋이 나갔어. 아까 내가 한 말 때문에 그래?"

"아니야, 아무것도…."

예전의 일이 생각나서 마음이 복잡해진다.

남편은 그런 속도 모르고 막내 제부의 얘기를 속사포처럼 쏟아낸다.

"듣자 하니까 장인어른이 가족모임까지 잡았다던데?"

"…가족? 나한텐 연락 없었는데."

"에이, 장인어른도 생각이 있으실 텐데 우리한테 연락을 하시겠어?"

"아무리 그래도 우리도 가족인데."

"그거야 당신이랑 처제가 하도 입에 거품을 물어 싸니까…."

"……."

"험험, 그럼 난 이만 갈게!"

아침부터 속을 박박 긁어 놓고 출근하는 남편.

안 그래도 동생의 출산 소식을 듣고도 조카 얼굴 한번 보지 못해서 속이 상하던 참이었다.

그런데 아버지만 막내에게 연락을 받고 가족모임까지 잡았다니, 마음이 아프다.

"…전화라도 한번 해 볼까?"

동생은 번호를 바꿨지만, 제부는 연락처가 그대로일 것

이다.

 마지막으로 만났을 때 명함을 받았었기에 전화를 할 수는 있지만, 선뜻 손이 움직이지 않는다.

 애꿎은 전화기만 만지작거리는 그녀.

 -전화 왔다! 히히, 문자 온 건데, 속았지?!

 "까, 깜짝이야!"

 별안간 울린 핸드폰 소리에 깜짝 놀라고 만다.

 16화음이 들어간 핸드폰이라고 해서 샀더니 가끔씩 심장을 벌렁거리게 한다.

 놀란 가슴을 진정시키고 메시지를 확인해 보는데.

 [고철 사재기 및 가격담합 정황에 대한 제보]
 [보낸 곳 : 이메일]

 "…음?!"

 어느덧 놀란 가슴이 이내 차갑게 진정된다.

 당장 컴퓨터를 켜고 이메일을 확인하는 그녀.

 스크롤 바를 내리다가 그녀는 깜짝 놀라고 말았다.

 "뭐야, 이거?!"

 이메일에는 경기도 내 철근제조 카르텔에 대한 정보가 담겨 있었다.

 특히나 인상적인 것은 고물상의 파트너 회계사가 작정

하고 이중장부까지 만들면서 고철 가격을 올려치고 있다는 점이었다.

윤설희는 당장 사무소로 전화를 걸었다.

-네, 제조하도급과입니다.

"나야, 윤 과장."

-과장님! 무슨 일이십니까? 안 그래도 소장님께서 찾으시던데.

"…지금 박 소장이 중요한 게 아니야. 당장 서울 경암동 경화자원 앞으로 참고인 소환 절차 밟아. 얼른!"

-네? 지금요?

"시간 없어. 빨리!"

-아, 알겠습니다!

전화를 끊은 윤설희는 당장 서울 북부로 향한다.

[참고인 소환 영장 나왔습니다!]

경암동에 닿을 때쯤 본청에서 영장을 내어 줬다.

아무리 공정위가 재계에선 무소불위 권력집단이라곤 해도 아무 때나 들쑤시고 다니면 곤란한 일이 벌어질 수도 있기에, 그녀는 나름대로 조심스럽게 대비를 한 것이다.

잠시 후, 경화자원에 도착한 그녀.

"꺄하하하아!"

"그 녀석 참 귀엽단 말이지! 애기 엄마, 아예 여기로 매일 출근하는 건 어때? 우리 마누라가 서아를 워낙 예뻐해서 말이야."

"에이, 그럴 수야 있나요! 주변 사람들한테 피해를 끼칠 수는 없어요."

"아닌데…. 피해 안 끼쳐!"

회사 문은 활짝 열려 있었고, 사무실은 제법 왁자지껄했다.

어쩐지 사람 사는 냄새가 나는 것 같은 이곳.

똑똑.

열린 문에 노크를 해 본다.

"누구십니까?"

나이 지긋한 백발의 장년이 걸어 나왔다.

"안녕하십니까. 공정위 서울사무소에서 나왔습니다. 경화자원 대표님 되시나요?"

"맞아요. 내가 고상근입니다! 어서 들어오세요. 바쁘실 텐데 굳이 이 변두리까지 오시고. 고생이 많네요!"

"아닙니다. 제 할 일인데요."

서로 명함을 주고받고 인사를 나누자 고상근은 그녀를 안으로 들인다.

"들어오세요. 안 그래도 우리 회사 회계담당자가 지금 나와 있어요."

"회계담당자요?"

"외주로 회계를 맡겼는데, 아주 실력이 좋거든요!"

"그렇습니까?"

다소 무뚝뚝하고 사무적인 투로 일관하는 그녀.

사장을 따라 사무실 안으로 들어섰다.

그런데….

"어…?"

"…큰언니?"

"두 사람 서로 아는 사이에요?"

회계담당자를 만나러 왔더니 막냇동생이 있었다.

지금 이 순간, 대체 무슨 말을 해야 할지 몰라 당황스럽기 그지없었다.

그런 그녀에게 막내가 먼저 악수를 건네 온다.

"회계대리인 윤설화입니다."

며칠 전, 설화는 남편에게서 뜻밖의 얘기를 전해 들었다.

'이 장부, 카르텔의 담합 정황이야! 잘하면 공정위에서 철퇴를 휘두를 수 있도록 도와줄 단초라고나 할까?'

그때만 하더라도 이게 그렇게까지 대단한 정보인 줄은 몰랐다.

단순한 이중장부, 혹은 분식회계의 정황인 줄로만 알았지, 카르텔까지 연관되어 있을 것이라곤 상상하지 못했었다.

"…그러니까, 이걸 파트너 회계사가 작성해서 줬다는 겁니까?"

"네! 그렇다니까요? 애기 엄마, 그렇잖아!"

설화는 사장의 질문에 고개를 끄덕인다.

"제가 받아서 정리하다가 이상한 점이 많아서 사장님께 여쭤 보니 그렇다고 하시더군요."

"현재 파트너 회계사인 설… 아니, 윤설화 회계사께서는 어디서 이상한 점을 느낀 겁니까?"

"2000년부터 지금까지 고철 가격을 계속해서 올렸다 내렸다를 반복해서 수정해 왔어요. 멀쩡한 고철 가격을 높게 받았다고 적는다거나 적게 받았다고 적는 건 아무래도 좀 수상한 일 아닌가요?"

"…그렇긴 하죠."

오랜만에 만난 언니와 이렇게 마주 앉으니 기분이 참으로 묘하다. 그러나 아직 언니에게 묵은 감정은 남아 있어서 딱히 살갑게 대할 생각은 없다.

"철강회사를 다니는 제 남편이 알아보니 여기서 수집했거나 수입한 고철들은 경기도 전역으로 팔려 나갔다고 하더군요. 그 중간에 매입상이 따로 있는데, 그 사람들이 바로 카르텔의 허리쯤 되는 인간들 아닌가 싶다고 하고요."

"카르텔의 매입책… 으로 보이는 사람들, 맞죠?"

"네, 아마도?"

조사관으로서 언니는 정황을 메모하고 지금까지 가진 정보들을 조합해서 상황을 정리해 나갔다.

"카르텔 담합, 맞습니다. 철근 가격 올려치기 하는 사재기꾼들이 중간에 개입한 거고요."

"그래요? 잘되었네요."

"…협조 감사합니다. 저희들이 책임지고 카르텔을 와해시키도록 하겠습니다."

"최대한 빨리 처리 좀 부탁드려요. 덕분에 제 고향 청천이 지금 엉망진창이 되어 가고 있거든요."

아버지의 사업이 위태로울 수도 있다는 얘기에 언니의 표정이 딱딱하게 굳어 버렸다.

이윽고 어딘가로 전화를 거는 언니.

"…그래, 지금 쳐. 지금까지 3년 동안이나 준비했는데, 굳이 더 기다릴 필요 있어? 여기 결정적인 증거 있으니까 당장 압수수색부터 진행 시켜."

짧은 통화를 끝낸 그녀.

이제 설화는 자리에서 일어서기로 한다.

"이 정도면 된 거죠?"

"아…."

"사장님, 저 가 볼게요. 서아야! 이리 온!"

경화자원 안주인이 서아를 워낙 예뻐해서 가끔 맡겨 놓기도 했는데, 장년인 그녀의 허리가 안 좋아서 그리 오래는 못 맡긴다.

그렇게 아파도 그녀는 서아에게 정성을 다한다.

"우리 서아, 배 빵빵해졌어요? 응?!"

"헤헤, 맘마!"

"그래, 맘마 많이 먹었지! 그치!"

"꺄하아아!"

서아는 자신만의 필살기인 두 손으로 볼 어루만지기로 자신을 돌봐준 할머니에게 감사의 인사를 전한다.

"오호호! 찹쌀떡 같은 것이 애교가 이렇게나 많아! 여시야, 불여시!"

"서아야, 할머니께 인사해야지!"

"빱빠아!"

어설프긴 해도, 벌써 인사 비슷한 걸 한다.

이런 재롱을 보는 게 경화자원 사장 부부에겐 삶의 낙이라고 했다.

"내일 또 보자! 이 할미가 맛있는 거 해 놓을게!"

"사모님, 정말 감사해요!"

"감사하긴! 우리 불여시 재롱 보는 게 하루의 낙인데! 내일 꼭 다시 와! 알겠지?"

"넹!"

"엄마도 애교가 넘쳐, 아주 그냥!"

사장 부부에게 인사를 건넨 뒤, 설화는 뒤도 돌아보지 않고 사무실을 나섰다.

성큼성큼 걸어 집으로 향하는 그녀.

"…설화야! 잠깐만!"

설화는 뒤돌아보지 않는다.

괜히 걸음을 멈추면 애써 끊은 연이 다시 이어 붙을 것 같았기 때문이다.

"1분, 아니 30초라도 좋아! 잠깐만 얘기하자! 응?!"

"엄맘마?"

설화를 부르는 소리에 서아가 반응했다.

그녀는 어쩔 수 없이 멈춰 설 수밖에는 없었다.

"서, 설화야?"

"…내 이름 부르지 마. 애기가 듣잖아."

"얘가 서아야? 귀엽네…. 이제 몇 개월 되었다고 그랬지? 애기 춥겠다! 목도리 하나 사 줄까?!"

거의 폭포수처럼 쏟아내는 언니의 걱정에도 설화의 마음은 요지부동이었다.

이 추운 겨울, 설원이 되어 버린 서울의 싸늘한 풍경처럼 그녀의 마음이 얼어붙어 버린 것이다.

"애 아빠더러는 근본도 없는 도둑놈이라면서, 딸은 예뻐?"

"…아니야, 너희 남편… 아니, 제부가 능력이 좋긴 하더라. 어려운 계약도 척척 따내고 카르텔 담합 정황도 한 번에 캐내고."

"왜? 이번 건수 잘 해결하면 본청으로 넘어갈 수도 있으니까 이제야 우리 남편한테 관심이 생겨?"

"그런 거 아니야!"

순간 깜짝 놀란 서아가 울음을 터뜨린다.

"아아아앙!"

"…애기 놀라잖아. 우쭈쭈, 서아야! 놀랐어?!"

"미, 미안…. 미안해…."

고개를 푹 숙인 언니는 얼굴을 들지 못한다.

어려서부터 나에겐 살가웠지만, 남에겐 얼음장 같았던 언니가 어깨를 들썩거리기 시작했다.

"…우는 거야?"

"미안해…. 난 그냥… 조카가 너무 예뻐서. 그래서 그랬어…."

언니가 울자 서아가 손을 뻗는다.

"아우우웅…!"

"응? 서아야 왜…."

"암마맘마마!"

서아가 손을 뻗는 쪽으로 걸음을 옮기자 언니의 얼굴에 아이의 손이 닿는다.

그러자 눈물을 뚝뚝 흘리던 언니가 서서히 고개를 들었다.

"아…!"
"헤헤, 꺄하아아아!"
"…고마워, 아가야."
서아는 아직도 흐느끼는 언니의 볼을 양손으로 어루만진다.
"헤헤헷!"
"…미안해, 정말!"
다시 무너지듯 주저앉는 언니.
도저히 그냥 지나칠 수가 없었다.
"일어나…. 집으로 들어가자. 여긴 너무 추워."
"…흑흑, 고마워."
"애기… 안아 볼래?"
"…아! 그래도 돼?"
"큰이모잖아."
저번에도 느낀 거지만, 정말이지 천륜은 거스를 수가 없나 보다.
넉살 좋은 서아는 이모에게 안기자 양손으로 목덜미를 감싸 안는다.
"꺄하아아아!"
나름대로 울지 말라는 필살 애교인 것이다.
언니는 웃다가 금세 웃고 만다.
"헤헤, 귀여워!"

"…어휴, 정말."

서아 때문에 뭐라고 할 수도 없고.

하여간 딸은 가족관계를 회복시키는 마법 같다는 생각이 절로 든다.

"1월 7일, 청천제일토건의 건자재 조달 사업자로 아성철강이 낙찰되었습니다."

"아이고, 감사합니다!

짝짝짝짝!

신나서 박수를 치는 인호.

장내에 있던 몇몇 사업가들은 그런 인호를 바라보며 씁쓸한 입맛을 다신다.

하나 그런 씁쓸한 표정은 금세 사라지고 친근한 얼굴로 다가온다.

"이야, 이거! 저번부터 아주 싹쓸이를 하시네요!"

"하하! 그래 봤자 두 건인데요, 뭘!"

"진짜 능력 좋으십니다. 어떻게 그렇게 간당간당하게 입찰금액을 잘 적어 넣으십니까? 계속 단가 5천 원 차이로 밟히네요."

경쟁입찰은 조달능력이나 생산능력을 위주로 공급업체를 선별한 뒤에 자재의 단가를 가장 낮게 적은 사람에게 돌아가게 된다.

단 1원이라도 적게 적어 넣은 사람이 입찰에 성공하게 되기 때문에 그야말로 치열한 눈치싸움과 심리전이 거듭되는 것이다.

그런 판에서 5천 원 차이로 두 번이나 밟혔다는 건 피를 토하는 심정이었을 터였다.

'넉살이 좋네!'

경기 남부의 사업가 이희성은 인호에게 명함을 건네준다.

"남부제철의 이희성입니다. 아성철강 위명이야 익히 들어서 잘 알고 있습니다만, 사위께서 이렇게 능력이 좋은 줄은 몰랐습니다."

"제가 사위인 건 어떻게 아셨대요?"

"그냥 뭐, 눈썰미로?"

"이야, 눈썰미가 대단히 좋으신데요? 그 수많은 직원들 중에서 저를 사위로 콕 집으신 걸 보면."

"미추홀제철 건을 성사시킨 배짱이야 경기 남부까지 쫙 퍼져 있죠. 이 동네 소문이 빠른 거야 본인도 잘 아실 거고."

제법 날카로운 사람이다.

그의 명함을 잘 갈무리한 인호는 자신의 명함을 건네준다.

"앞으로 오며 가며 자주 만날 텐데, 인사하면서 지냅시다!"

"다음 입찰도 기대하고 있겠습니다."

"네, 그럼!"

이희성과 헤어진 인호.

그는 웃으며 행사장을 나선다.

이윽고 회사로 돌아가는 길.

'캬…! 이 기분!'

그야말로 날아갈 것만 같은 기분이 든다.

연신 웃는 얼굴로 회사를 찾은 인호.

"다녀왔습니다!"

"아, 최 사원! 어떻게 됐어?!"

"당연히 낙찰받았죠!"

"오오오!"

주 대리의 얼굴에는 꽃이 피었다.

그에 반해 김 대리는….

"…거짓말!"

"여기 계약서 받아 왔습니다!"

서류보다 확실한 증거는 없다.

회심의 미소를 짓는 인호.
"저번에 뭐라고 하셨더라?"
"꼬붕!"
"아, 그래요! 꼬붕!"
옆에서 거드는 주 대리를 찌릿 째리는 김 대리.
그래 봤자 엎질러진 물은 주워 담을 수가 없다.
"공식적으로 제 꼬붕 해 주시는 겁니까?"
"크크, 재밌겠네! 최 사원, 나 목마른데!"
빙그레 웃는 인호.
"하하, 그렇다는데요?"
"…1절만 해라."
"어이쿠, 남자가 한 입으로 두말하시나? 과장님!"
"젠장!"
김 대리는 자리에서 일어나더니 물을 뜨러 간다.
그 뒤통수에 대고 한마디 하는 인호.
"아! 저는 아이스 아메리카고, 투 샷이요!"
이로써 김 대리는 반쯤 정리되었다.
'흠…, 이제 남은 건 오 과장인가?'

오늘 입찰에 대한 대표이사 직인을 받는 인호.
슥슥슥!
장인의 서명에 힘이 실린다.

"제법이로군."

"아직 2월까지 싹쓸이하려면 갈 길이 바쁩니다!"

"정말로 계약을 박박 긁어모을 작정인가?"

"당연하죠!"

"젊은 친구가 욕심이 너무 많군. 그렇게 마구잡이로 계약을 잡았다가 물량을 못 맞춰 주면 어쩌려고 그래?"

인호는 어깨를 으쓱거린다.

"장인어른이 계시잖습니까!"

"…뭐?"

"우리 회사 물량으로 안 되면 인맥을 동원해서라도 물량으로 채우시겠죠. 안 그렇습니까?"

뭐 그런 당연한 걸 걱정하냐는 듯한 인호의 말투.

장인은 피식 웃고 만다.

"어떤 미친 사위가 장인한테 업무를 짬 시켜?"

"제가 좀 미치긴 했죠!"

"쯧!"

말은 그렇게 하고 있어도 분명 얼굴은 웃고 있다.

서명을 넣고 보고서를 읽는 장인.

그런 그에게 인호는 뜻밖의 얘기를 꺼낸다.

"그… 있잖습니까."

"뭔가?"

"저희 부서의 오 과장 말인데요."

"그 친구? 오 과장은 갑자기 왜. 무슨 일 있어?"

"요즘 가정에 불화가 심한 것 같던데, 업무를 좀 많이 줘 보는 건 어떠십니까?"

"…가정불화? 그걸 자네가 어떻게 알아."

"그냥 뭐, 오며 가며 주워들은 거죠."

"흠."

"이럴 땐 그저 일이 최고 아닙니까!"

오 과장은 기러기아빠다.

대체 아내가 무슨 바람이 불어서 그런 건지는 몰라도 아이들을 데리고 뉴질랜드로 유학을 떠나 버리는 바람에 오 과장만 지금 죽어나는 상황이었다.

'주말에는 짬짬이 택배까지 뛰는가 보던데, 그래도 먹고 살기가 만만치는 않겠지.'

말이 주색잡기지, 사실 룸살롱 실장들에게 손님유치 리베이트를 받는 게 좋을 것이다.

그런 김에 자기도 좀 즐기고, 일석이조 아니겠는가.

인호는 거의 필연적으로 유흥에 맛 들인 오 과장을 잘 이용해 먹으려 한다.

"앞으로 프로젝트 관련 실무는 제가 하겠습니다! 그러니까 서포터 할 자리는 좀 남겨 주십쇼."

"음, 뭐, 자네가 그렇게 생각한다면야. 서포터 업무론 어떤 걸?"

"밤일을 맡겨 보심이 어떠십니까?"

"비즈니스 말이야?"

"다른 건 몰라도 주색잡기 하나만큼은 오 과장이 탑티어 아니겠습니까?"

지금은 고양이 손이라도 필요한 시기이다.

이제 곧 중국과 남아프리카에서 일거리가 몰려들 테니 말이다.

'당분간 써먹을 술상무가 있다면야 나야 든든하지!'

어떤 재능이든, 그게 괜찮은 재능이면 써먹어야 이득이다.

그에 대해선 사장도 인정하는 바였다.

"하긴 오 과장이 다른 건 몰라도 술과 여자라면 환장을 하지."

"그렇죠! 원래 음식도 먹어 본 놈이 잘 만든다고, 술자리도 많이 가져 본 놈이 잘 만들 겁니다."

"좋아, 그럼 그렇게 해 봐."

장인은 서류를 하나 펼치더니 서명을 넣는다.

영업비를 추가 결제하겠다는 것이다.

슥슥슥.

일필휘지로 숫자를 넣는 장인.

'…오? 오오…!'

금액이 생각 이상으로 화끈하다.

"…실무담당?"

"넵!"

막내가 가지고 온 업무지시서를 바라보는 오 과장의 눈에 심란함이 가득하다.

설마하니 필드가 아닌 사무실에서 썩을 운명이 될 줄이야.

'내가 어쩌다가 이 지경이….'

이번 달 우수사원은 보나 마나 최인호. 하나 자신은 그 팀의 수장으로서 얻는 거 하나 없는 신세였다.

원래 부하의 공은 상사의 공이라는데, 오유한은 계약서에 막내의 이름이 찍혀 성과급에서도 밀리게 생겼다.

그런데 심지어 사무업무 말뚝이라니.

"하, 젠장!"

"아! 지금이라도 못 한다고 말씀드릴까요?!"

"…죽고 싶어?"

"예? 저는 그저 과장님께서 힘드실까 봐 걱정해 드린 것뿐입니다만!"

다른 사람보다도 저 막내라는 새끼가 제일 얄밉다.

그러나 어쩔 수 없다.

지금 저 막내라도 없으면 다음 달 성과급은 구경도 못 해 볼 테니 말이다.

'빌어먹을…. 그럼 또 택배를 뛰어야 하잖아!'

성과급이 막히면 아내에게 보낼 생활비가 모자랄 것이 뻔하고, 그건 고된 노동으로 이어질 게 분명했다.

"휴, 아무튼 간에 알았으니까 자리로 돌아가."

"아 참! 접대는 어떻게 준비하면 될까요?"

"…그걸 내가 왜 알려 줘야 하는데? 알아서 해. 자네가 알아서 할 수 있으니까 큰소리 빵빵 친 거 아니야."

"입찰은 제가 할 수 있어도 로비는 잘 모르잖습니까?"

"뭐…?"

"낮엔 제가, 밤엔 과장님이! 어떠십니까?"

"하! 그러니까 스포트라이트 받을 건 네가 받고, 똥은 내가 치워라?"

"누이 좋고 매부 좋고. 좋은 게 좋은 거 아닙니까? 영업비용으로 최소 3천은 나올 것 같던데."

"…뭐, 3천?!"

"또 압니까? 과장님께서 이참에 장기계약까지 따내면, 사장님께서 중국여행이라도 보내 주실지!"

식사에 숙소까지 아무리 뻑적지근하게 준비한다고 해도 백만 원을 쓰기 힘들다.

그런데 유흥비로 3천?

'오…, 리베이트가 대체 얼마야?!'

제일 중요한 건, 저 엄청난 접대에 나도 낀다는 것.

한마디로 그 휘황찬란한 풀코스를 나도 누릴 수 있다는

소리였다.

"으흐흐…!"

"어떻게, 사장님께 못 하겠다고 전해 드릴까요?"

"…아, 아니! 무슨 그딴 소리를!"

"음, 역시! 오 과장님은 사내대장부이십니다!"

이번 접대가 잘되면 다음 접대, 그다음 접대도 오유한의 것이다.

최소한 몇 달은 택배를 뛰지 않아도 된다.

"사장님께서 계약만 잘 따내면 성과급을 따로 쏘신답니다!"

"…성과급을? 접대만 했는데도?"

"어쨌건 간에 계약을 따낸 건 과장님이시니까요!"

오 과장의 입가에 배시시 미소가 걸린다.

처음엔 주객전도가 되었다고 생각했는데, 이제 와서 보니 과장 타이틀 따위는 어떻게 되든 상관없을 것 같다.

"우리 막내가 생각보단 일을 잘하네! 마음에 들어!"

"그리 생각해 주시면 감사하죠!"

은근슬쩍 서류뭉치를 건네는 막내.

그가 웃으며 말한다.

"그래서 말인데, 이것부터 좀 처리해 주시면 정말 감사하겠습니다!"

"…뭐? 이거? 줘! 뭐든 다 줘! 하하! 그까짓 거 얼마든지 해 줄 수 있지!"

나에게 이득이 된다는데, 부하직원이고 뭐고 우선은 잘 보이는 게 장땡이다.

"아 참, 그리고 말입니다. 김 대리가 내기에서 졌는데, 제가 꼬붕으로 부려도 됩니까?"

"꼬붕? 마음대로 해!"

김 대리가 꼬붕이 되든, 붕어빵이 되든 상관없다.

바야흐로 지금은 접대의 시대가 도래했으니까.

집으로 돌아가는 길.

[언니가 와 있어. 카르텔 건으로 할 얘기가 있다는데, 그냥 보낼까?]

빙그레 미소를 짓는 인호.

가족관계 회복을 위한 두 번째 계획으로 큰 처형에게 낚싯대를 던졌다.

아무래도 성공한 모양이다.

아내의 문자에 당장 답을 준다.

[처형이랑 소주 한잔하지, 뭐!]

[술은 언니가 사 놨어. 남편이는 그냥 몸만 오면 된대!]

어쩐지 적극적인 모습을 보이는 처형.

인호는 절로 고개를 끄덕인다.

'일이 잘 풀렸나 보네.'

어쩌면 사소한 일이었을지도 모를 과거의 그 한마디 때문에 아내가 형제들을 잃게 만들 수는 없었다.
 '세상에 가족보다 더 좋은 게 어디 있겠어?'
 인호는 어려서부터 철저히 혼자였었다.
 항해사였던 아버지는 어려서 돌아가셨고, 수학교사였던 어머니조차 고등학생 때 돌아가셨다.
 워낙 집에 들어오는 날이 드물었던 아버지였기에 인호는 형제도 없었다.
 그런 그였기에 가족이 없다는 외로움이 얼마나 처절하고 괴로운 것인지 잘 알고 있고, 아내에겐 고독이라는 걸 느끼게 하고 싶지 않았다.
 '이젠 아내도 처형도 마음이 조금은 풀렸겠지!'
 처형은 안 그래도 지방발령으로 마음이 심란한 상황이고, 아내는 사회생활을 통해 자아실현을 조금씩 해 나가는 중이었다.
 그런 자매들에게 이번 카르텔 사건은 여러모로 활로가 되어 줄 것이라, 인호는 그리 생각한 것이다.
 가는 길에 치킨이랑 이것저것 안주로 삼을 만한 것들을 샀다.
 "설화야, 나 왔어!"
 "남편이! 오늘도 고생 많았어!"
 "고생은 설화가 더 많이 했지!"

"꺄하아아!"

"아이고, 우리 딸! 우리 딸도 잘 놀았어!"

여느 때와 같이 단란하게 해우하는 인호네 가족을 보며 처형은 어색한 미소를 짓는다.

"…제부 왔어요?"

"큰 처형! 오랜만입니다. 한 3~4년 되었나요?"

"정확하게는 3년 6개월 만이네요."

"이야, 벌써 시간이 그렇게 되었나? 세월 참 빨라요. 그쵸?"

"그….”

시간을 되짚으니 처형은 그때가 떠오르는 모양이었다.

난처한 듯, 인호 앞에서 우물쭈물하는 처형.

인호는 그런 처형에게 먼저 다가갔다.

"일단 한잔하면서 얘기하시죠!"

"아…!"

"사람이 살다 보면 이런 일도 저런 일도 있는 법 아닙니까!"

처형의 얼굴에는 미안함이 가득하다.

이런 마음이라면 관계회복은 시간문제일 것이다.

"그동안… 정말 미안했어요."

"천륜을 어떻게 끊습니까? 그런 말 마십시오!"

"…고마워요."

처형은 연신 사과를 건넸다.

인호는 그것을 계속 받아주었고, 관계는 이제 회복된 것으로 보였다.

"그나저나 둘째가 걱정이네요."

둘째 처형은 성격이 보통이 아니었다.

경찰대학교 출신에 청천서 수사팀장으로 있는 형사이기에 성질을 잘못 건드리면 주변이 초토화되는 건 일도 아니었다.

"잘될 겁니다!"

"그렇겠죠…?"

동생에겐 껌뻑 죽는 둘째 처형이지만, 그 나머지 사람들에게는 그야말로 야차 같은 사람이었다.

그래도 괜찮다.

인호도 나름대로 다 계획이 있으니까.

"그나저나 카르텔 관련해서 할 말이 있다고요?"

"아 참, 내 정신 좀 봐. 서아를 만나서 혼이 쏙 빠져 있다 보니…."

애초에 처형과 아내를 화해시킬 생각이 있기는 했어도 이렇게까지 갑작스럽게 기회가 올 줄은 몰랐다.

설마하니 동네 아저씨의 처남이 카르텔의 끄나풀일 줄이야, 누가 알았겠는가.

처형은 인호에게 '공정위조사 경위'라는 제목의 보고서를 꺼내 놓았다.

"카르텔에 대한 조사가 진행 중이에요. 일단 담합 정황을 잡기는 했는데, 물증이 부족하네요."

"그렇죠! 아직까지 거래현장을 급습했다거나 비자금을 추적했다거나 하는 성과는 없으니 말입니다."

"그래서 말인데, 제부가 담합의 정황을 하나만 더 캐내 주실 수 있겠어요?"

결정적인 증거가 있어야 카르텔을 한 방에 날려 버릴 수 있을 텐데, 문제는 저놈들이 워낙 용의주도하다는 것이었다.

"그놈들, 눈치 한번 더럽게 빠릅니다. 1월 공사입찰에 카르텔 관련자들은 한 명도 입찰하지 않았더군요. 그래서 제가 두 번이나 계약을 거의 날로 먹을 수 있었지만요."

"하필이면 아성철강이 미추홀제철의 파트너가 되었으니, 사실 공정위가 아니었어도 현장에 나타나지는 않았을걸요?"

"아! 하긴 그건 그러네요!"

경쟁자가 줄어든 덕분에 인호는 계약을 독식할 수 있었다.

하나 이것은 어디까지나 정해진 수순이었을 뿐, 공정위 조사와는 거리가 멀었다.

"조금 더 저놈들을 피 말리게 할 수 있는 상황을 만든다든지, 제대로 된 정황을 포착하는 게 중요해요."

"아하! 그런 것이라면야!"

"…뭔가 좋은 정보라도 있어요?"

"카르텔이라는 게, 제조 카르텔과 유통 카르텔이 서로 공존하는 구조로 되어 있지 않습니까?"

"그렇기는 하죠. 지금처럼 공사와 관련되어 있다면, 건설 담합이라든지 건자재 담합의 정황을 만들 정도의 규모로 움직이겠네요."

무릎을 탁, 치는 인호.

"그래요! 건자재 담합! 지금이라면 꼬리를 잡기 딱 좋은 시기인데 말입니다!"

"…정말요?"

"네, 그럼요!"

이번 한 방으로 카르텔을 깡그리 정리할 수 없을 것이라는 생각은 이미 하고 있었다.

그렇기에 인호는 '펄프'라는 후속타를 장전해 놓은 것이었다.

"조만간 내장재 관련해서 이슈가 터질 겁니다. 그때, 날카로운 타이밍에 치고 들어가서 정보를 건져 낸다면, 아마 철근 카르텔까지 줄줄이 딸려 올라오지 않겠습니까?"

"…그런 건수가 있다고요? 제부는 철강회사의 영업직인

데, 내장재 쪽을 어떻게 알고서?"

"제가 원래 좀 이곳저곳 널뛰기하는 회사에 다녔었거든요!"

"아! 국제상사!"

워낙 철강회사에 적응을 잘해서 다들 잠깐씩 잊고 있었지만, 인호는 원래 뛰어난 오퍼상이었으며 무역인이었다.

그에게 정보만 있다면 카르텔을 낚을 기회야 얼마든지 있다.

"딱 2월 초순만 되어 보세요. 아마 난리가 날 겁니다!"

"오…!"

처형의 눈이 모처럼 반짝인다.

늦은 밤.

"딸꾹! 제부, 한 잔 더!"

"아이고, 처형! 이제 들어가서 주무셔야죠!"

"…어? 빼는 거야? 이 누나가 마시자는데, 빼면 혼나!"

어지간해선 술에 잘 취하지 않는 큰 처형이 이렇게 코알라 사촌이 될 때까지 마신 건 처음 본다.

다만 주정을 부려도 딱히 밉지는 않아 보인다.

"헤헤, 제부! 진짜 고마워!"

"아니, 별말씀을요."

"우리, 진짜 잘해 보자!"

술 취했을 땐 막내랑 하는 짓이 판박이었다.

역시 피는 못 속이는 모양이다.

똑똑.

현관에서 노크 소리가 들린다.

"네, 나갑니다!"

문을 열어 주는 인호.

그 앞에는 첫째 손윗동서 곽윤일이 서 있었다.

"막내동서?"

"……."

순간 피가 거꾸로 솟는 느낌이다.

과거 회사를 말아먹는 데 일등공신이었던 그 원수 같은 놈이 바로 눈앞에 있다니 말이다.

"반가워! 곽윤일이야. 자네 손윗동서."

"…아, 그러시군요."

악수를 건네는 곽윤일.

인호는 그가 내민 손을 잡았다.

우득!

"아, 아아…!"

"…반갑습니다."

"자, 잠… 아아아!"

"앞으로 잘 지내 보자고요."

꿈에서라도 한 번쯤은 두들겨 패 주고 싶었던 사람이다.

그런 인간이 악수를 건네니 손에 힘이 들어가는 건 어쩔 수 없는 일이었다.

　하마터면 손을 부숴 버릴 뻔했던 인호는 가까스로 정신을 차린다.

"뭐야, 저거! 남편 아니야?!"

"…아무튼 들어오시죠."

"아오! 무슨 아귀힘이 저렇게나…?"

　처형이 아니었다면 아예 손목을 확 꺾어 버렸을지도 모른다.

　하늘로 날아가려던 정신 줄을 부여잡은 인호는 그를 안으로 들였다.

"들어오세요."

"…많이 마셨네! 어휴, 술 냄새! 갓난쟁이 있는 집에서 이게 무슨 결례야? 얼른 일어나!"

　곽윤일은 떨리는 손으로 아내를 잡는다.

　그러자 처형은 손을 즉시 쳐냈다.

"애기는 자거든!"

"…조용히 좀 해. 옆집에서 누가 쫓아오겠네. 쪽팔려서, 원!"

　역시 아이보다는 자기 체면이 더 중요한 사람이었다.

　그는 다급한 마음에 아내에게 등을 내민다.

"…업혀!"

"업히긴, 나한테도 팔씨름으로 그냥 지는 놈이!"

"후, 진짜!"

손아랫동서 앞에서 체면 제대로 구기는 곽윤일.

안타깝게도 그는 정말로 아내 한 명 업을 수 없는 멸치 인간이었다.

"제가 도와 드려요?"

"…됐어. 우리가 알아서 갈게."

대체 저런 놈이 어떻게 아성철강의 대표이사까지 된 것인지 의문이 들 수도 있지만, 그건 겉모습만 봐서 그런 것이다.

막상 업무에 들어가면 피도 눈물도 없는 사람이 바로 곽윤일이었다.

'저 모습에 속아서 내가 연민을 느끼기도 했었지. 쓰레기 같은 놈!'

악어의 눈물도 잘 흘리고, 허술한 척 연기도 곧잘 한다.

그런 입체적인 인물, 그게 바로 곽윤일이다.

'…그렇게 입체적이라 회사 뒤통수치는 것도 다양했던 건가?'

저번 생에선 저놈의 곽가 자식 때문에 골치였지만, 이번 생엔 완전히 다를 것이다.

"우리 서아 딱 한 번만! 한 번만 보고 가면 안 될까?!"

"언니, 이제 그만 가서 쉬어. 우리 애기도 자야지."

자야 한다는 소리에 처형은 바로 소리를 죽인다.

"아…, 그래! 애기는 자야지! 우리 애기 막내! 그럼 언니는 갈 테니까 코야코야 해! 알겠지?"

"…얼른 좀 가."

"이 찹쌀 모찌…. 볼 한 번만 깨물어 보자…!"

더이상 내버려두면 큰일이라도 날 것 같은 사람처럼 곽윤일은 아내를 챙겨서 아파트를 나선다.

"그럼 갈게! 처제, 다음에 정식으로 인사하자고!"

"네, 살펴 가세요."

드디어 골칫거리 주정뱅이가 사라졌다.

그러나 여운은 강력했다.

"…누구더러 모찌래?"

아내의 눈시울이 붉어져 있다.

술에 취한 아내를 데리고 집으로 돌아가는 길.

"…우리 조카 귀여워!"

"어휴, 저 주정뱅이를 그냥!"

곽윤일은 아내를 움직이지 못하게 뒷좌석에 꽁꽁 묶어두고 차를 몰았다. 그러면서 그는 방금 전에 봤던 막내동서의 얼굴을 다시금 상기한다.

'짜식, 덩치 한번 존나게 크네!'

한번 보면 절대로 잊히지 않는 강렬한 인상과 남자다운 면모.

그야말로 한 마리의 짐승과 같은 녀석이었다.

인정하기 싫지만, 진심으로 '쫄' 았었다.

'…생각해 보니 열 받네!'

사실 얼마 전 곽윤일에게도 장인의 입사제안이 있었다.

그 당시에는 굳이 은행에 잘 다니는 자신이 왜 입사를 해야 하나 싶었지만, 최근에 아성철강이 가파르게 성장하는 모습을 보며 생각을 고쳐먹었었다.

오늘 저 막내동서를 보니 그 생각을 고쳐먹길 잘했다는 생각이 든다.

'이 새끼, 사람을 무시해? 어디 한번 두고 보자!'

그나마 바로 아랫동서는 구워삶으면 넘어오기 쉬운 스타일이라 상관없는데, 저놈은 말 섞는 것조차 꺼려질 정도였다.

그러면 그럴수록 곽윤일은 저 막내동서가 자신에게 꼼짝 못 하는 꼴이 보고 싶어졌다.

따르르르릉!

이런저런 생각에 잠겨 있는데 전화벨이 울린다.

"네, 여보세요?"

-형님! 저 민우입니다.

"아, 그래, 동서!"

-막내는 만나 보셨습니까?

경기 서부세관에서 일하는 동서 정민우도 장인의 제안을 받았다고 했고, 그 제안을 아주 긍정적으로 검토하고 있었다.

처가의 실세로 등극해서 한자리 차지하겠다는 것이었다.

"어, 뭐… 만나 보긴 했는데."

-어땠습니까? 듣기론 약삭빠른 자식이라고 하는 것 같던데요!

"약삭…. 아니, 뭐, 그런 건 아니고."

-엥? 약삭빠른 놈이 아니에요? 그럼 맹탕인가?

"…아니야, 그것도."

오늘 막내를 보고 쫄았다는 말은 죽어도 하기 싫었다.

-이상하네. 형님이 누구 앞에서 주눅 들 사람이 아닌데?

"…주눅은 무슨! 아무튼, 그거 궁금해서 전화했어?"

-궁금하기는 했는데, 딱히 긴장될 정도는 아니라서요.

막상 만나면 긴장해야 할 텐데…. 과연 정민우는 저 산짐승을 만나면 어떻게 반응할지 궁금해졌다.

-아무튼, 그것보다 말입니다. 이번에 풍림제지가 내장재 원단 가격을 10% 인상한다던데, 알고 계셨습니까?

"…얼마?"

-10%요! 이렇게 되면 형님만 위험해지는 거 아닙니까?

"와, 돌아 버리겠네! 이렇게 갑자기?!"

-안 그래도 건설경기 나빠지네, 마네 말 많은데, 긴장 좀 하셔야겠는데요?

"이놈의 제지회사들을 그냥…."

이러면 건설회사의 부채가 늘어나서 대출 회수가 어려워진다.

상황이 곤란해지고 있다는 소리다.
'타이밍 거지 같네!'
바로 그때였다.
뒷좌석에서 자고 있던 아내가 잠꼬대를 한다.
"…제지회사, 싹 다 조져!"
"하, 또 시작이네."
-무슨 일 있으세요?
"아니야, 일단 끊어."
자신의 치부를 보여 줄 수는 없으니 일단 전화부터 끊는다.
이윽고 갓길에 차를 잠깐 세우고 겉옷을 잘 덮어 주었다.
"칠칠맞지 못하게 정말."
"우웅…."
뒤척이며 꿈틀거리는 아내.
툭.
아내의 가방에서 수첩이 떨어져 내린다.
별생각 없이 수첩을 주워서 가방에 넣으려는데, 의도치 않게 책갈피가 꽂혀 있던 페이지가 펼쳐지며 그 내용이 눈에 들어오게 되었다.
"…어? 어어…?!" 내용을 확인하는 곽윤일의 눈동자가 점점 커지기 시작한다.
이윽고 회심의 미소를 짓는 곽윤일.
'이 새끼…, 긴장 좀 해야 할 거다!'

여명이 밝아 오는 시간에 인호는 일터로 향했다.

꾸벅꾸벅 조는 사람들 틈에서 PDA로 시황을 확인하는 인호.

[시장 : 코스닥]
[나성제지 외 5개]
[현재 평가액 : 4,500,000원(KR/W)]
[손익 : 500,000원(-10%▼)]

제지 가격은 아직도 오름세다.

그나마 작년보다는 약간 떨어질 것 같다는 전망이 있었으나 여전히 펄프는 전성기를 맞이한 상태 그대로다.

그 때문에 수익은 반토막. 제지 시장의 과당경쟁 때문에 주가는 바닥이었다.

'예상을 벗어나지를 않는군!'

시가총액의 10%가 날아가 버린 상황 속에서도 인호는 웃는다.

이건 인호가 강심장이라서가 아니었다.

일이 예상대로 흘러감에 따른 카타르시스라고나 할까.

"인호 씨!"

"아! 임 대리님 오셨어요?"

아침 지하철에서 임 대리를 만났다.

요즘 임 대리는 트럭 대신 지하철을 타고 출근한다고 했다.

뜻하지 않게 출근길 동무를 얻게 된 것이다.

"어! 그거 PDA?! 이선증권 로고를 보니까 그걸로 주식 하나 보네요?"

"그냥 뭐, 동문 선배님이 주신 선물로 짬짬이 재미 좀 본다고나 할까요?"

"아 참, 경영대 나왔다고 했죠? 나도 종목 하나만 좀 찍어 줘요! 투자할 때마다 아주 죽을 쑤네!"

"임 대리님도 주식을 하세요?"

"뭐, 그냥 주변에서 주식으로 돈 벌었다는 얘기를 들으니까 싱숭생숭해서?"

처음 듣는 얘기였다. 그렇게도 성실했던 미래의 공장장이 주식에도 손을 댔다니 말이다.

'하긴 서로 앙숙이었으니 임 대리가 어떻게 살아왔는지 알 턱이 없지!'

심지어 인호는 공장장이 이혼했다는 얘기를 들을 때까지 그가 결혼했다는 사실조차 몰랐었다.

그만큼 두 사람 사이에는 커다란 강이 흐르고 있었다는 뜻이다.

"누가 주식은 장기투자가 좋다고 하기에 한 3천쯤 박아 놨더니, 그대로 꼬르륵이네요."

"어디에 장투를 던지셨는데요?"

"필름이요!"

"아…!"

90년대 후반까지만 하더라도 필름산업이 대세이긴 했다.

그때는 아날로그에서 디지털로 아직 판도가 변하기 전이었기 때문에 필름보다 좋은 기록수단이 별로 없었던 것이다.

그러나 컴퓨터가 발달하고 CD라는 것이 시중에 나오면서 판이 뒤집혔다.

"주가 반타작 나고 곧바로 손절했거든요? 그런데 이번에는 종이가 뜬다는 거예요!"

"그래서 펄프에 투자하셨군요?"

"아니요, 제지회사에 투자했다가 또 반토막 나 버렸죠."

이 사람은 흐름을 잘 따라가긴 하는데, 진입 타이밍이 정말 엉망이었다.

만약 진입 시기만 잘 따라갔어도 지금쯤 집 한 채는 사고도 남았을 흐름이었다.

"지금은 어디에 투자하고 계신데요?"

"원자재 가격이 오른다니까 석유에 투자하려고요!"

"석유…. 선물이요?"

"에헤이, 누가 석유를 선물로 줍니까? 정유회사에 투자했죠!"

선물이라는 말도 못 알아들을 정도로 주식에 문외한인 사람이 투자를 한다니.

확실히 대한민국에 주식 열풍이 대단하긴 했었나 보다.

'어쩌나? 주식을 제대로 알려주면 제법 수익을 올리긴 할 텐데, 그렇다고 해서 내가 평생 저 사람을 챙겨 줄 수도 없는 노릇이고.'

훈수 한 번이면 임 대리의 시드머니 정도는 보전할 수 있다.

실제로 정유회사의 수익률은 상승할 테지만, 그것도 몇 개월 지나지 않아 주가는 폭삭 주저앉고 만다.

9.11테러가 일어나기 때문이다.

그러나 훈수 하나로 사람의 인생을 바꿔 줄 수는 없다.

"임 대리님, 제 말, 오해하지 말고 들어 주세요."

"네, 그럼요! 뭔데요?"

"지금 가진 주식 다 팔고 손 터세요."

"…엥? 갑자기 왜요?"

"주식이라는 게 있잖습니까. 10년을 배우고 20년을 배워도 알 수 없는 거거든요. 그런데 대리님은 지금 기본지식조차 없이 이 바닥에 들어오려고 하시잖아요?"

"주식도… 공부를 해야 하는 거예요?"

"물론이죠! 투자라는 게 생각보다 복잡해서 대학을 나오고 석사를 따도 알쏭달쏭하거든요."

"아…!"

"진심으로 하는 얘기입니다. 주식 접고 다른 취미를 한번 알아보세요."

주식을 다 팔고 접으라는 조언에 임 대리는 뭔가 생각에 잠긴 것 같다.

그는 인호를 가만히 바라보더니 한마디 툭 던진다.

"인호 씨가 앞으로 아침에 한 줄씩 주식을 알려 주시면 안 돼요?"

"음…."

"시키는 건 다 할게요! 주식 가진 거? 다 팔죠, 뭘! 어차피 그 돈, 인호 씨를 못 만났으면 날려 먹고 없어졌을 돈이잖아요."

헬스장 179

그야말로 맹목적이라 할 만큼 저돌적인 임 대리.

역시 배움에 대한 열망이 대단한 사람이다.

'…뭐든 열심히 배우는 사람이지. 호승심도 강하고.'

임 대리는 원래 그런 사람이었다.

모든 일에 진심이고, 배움에 있어서는 자신의 모든 것을 내려놓는다.

"부탁드립니다!"

"흠."

잠시 생각에 잠기는 인호.

임 대리는 딴 건 몰라도 동물적인 감각은 상당히 뛰어난 인물이다.

한두 번쯤 때려 맞추는 우연이 가능하다고 해도, 지금까지 그가 투자를 해 온 경력을 읽어 보면 그게 우연은 아니라는 걸 어렵지 않게 알 수 있다.

'…가만. 이거 잘만 하면 아성철강에 다크호스를 만들 수도 있지 않을까?'

회사에 이런 인물 한 명쯤은 반드시 필요하다. 기업을 경영하는 데 주식과 투자를 공부하지 않고선 자금을 제대로 조달할 수가 없기 때문이다. 그래서 인호도 무려 30년 동안 실전경험과 함께 투자지식을 쌓은 것이었다.

만약 임 대리가 인호를 대신해서 주식투자에 일가견을 갖게 된다면 어떻게 될까?

"제가 PDA를 한 대 구해 드릴게요. 앞으론 그걸 가지고 실전 투자를 조금씩 배워 보는 것으로 하죠!"

"…오, 정말요?!"

"대신 하나만 기억하세요. 투자로 뭔가 무모한 선택을 하려 한다면, 저는 미련 없이 임 대리님과 연을 끊을 겁니다."

"당연하죠! 앞으로는 싸부님으로 모시겠습니다!"

하루에 하나씩, 인호의 주식 특강이 시작된다.

회사에 출근하고 보니 생경한 모습들이 눈에 들어온다.

타다다다닷!

사무실을 꽉 채운 키보드 소리.

여기가 과연 그 땡땡이의 성지인 영업팀 사무실이 맞나 싶다.

"과장님이 왜 저러시지?"

"…이거 졸라 부담되는데."

인호는 거의 반사적으로 아내가 사 준 시계를 확인한다.

지금은 8시 30분. 출근시간 30분 전이다.

'지나치게 성실해졌잖아?'

농땡이 전문가, 땡땡이의 신.

일이라곤 영업비를 빼돌려 밤이면 밤마다 아가씨들한테 돈 찔러 주는 재미로 사는 사람이 바로 오유한이다.

그런 오 과장이 마치 딴사람이 된 것처럼 굴고 있다.

'오…. 사람은 이렇게 갱생이 가능한 생물이었구나! 나 참, 세상 오래 살고 볼 일이라니까?'

세상천지 둘도 없는 뺀질이 오 과장이 이렇게 새 사람으로 거듭나게 될 줄이야.

사람은 자기에게 맞는 옷을 입으면 뭐든 진심으로 변하는 모양이다.

"김 대리! 당장 총무팀으로 가서 창고에 빈자리 있는지 알아봐!"

"…네? 지금요?"

"그럼 지금 가지 내일 갈래?"

"그… 알겠습니다."

"막내 시키지 말고 자네가 직접 가!"

"끄응!"

"주 대리! 얼른 은행 좀 다녀와!"

과장이 빠릿빠릿해지니 그 밑에 깔린 대리들만 죽을 맛이었다.

한창 바쁘게 움직이다가 인호가 출근한 걸 알아챈 오 과장.

"막내 왔어? 앉아! 자네도 할 일이 많아."

오 과장이 인호에게 두툼한 자료를 건네준다.

뭔가 해서 봤더니 수요예측을 위한 통계자료들이었다.

"청천은행에서 다음 분기 총매출 예상 자료를 보내 달라고 했거든. 자네가 담당자이니까 자네가 직접 해결해야 할 문제야. 그러니까 나가서 거래처 둘러보고 재고파악까지 해와."

"범위가 얼마나 됩니까?"

"거래처 전부! 은행에서 정해 준 시한이 20일 남짓이야. 그 안에 수요예측 표를 만들지 못하면 추가여신이 잘릴 수도 있어."

수요예측에서 중요한 건 범위다.

어디부터 어디까지 수요를 예측할지 구분해 놓고 하기 때문에 적용 거래처의 개수가 관건이다.

그런데 은행에서 제시한 범위는 그야말로 미션 임파서블 수준이었다.

"청천은행…. 대출관리과에서 연락이 왔겠네요?"

"과장이 직접 전화했던데?"

청천은행 대출관리과장은 총 네 명이다.

그중에서 이런 짓을 할 사람은 오로지 한 사람뿐이다.

바로 곽윤일.

'…이 새끼가 이거, 선빵을 날려 주시네?'

건강한 기업은 건강한 수익과 적당한 부채로 이뤄져 있다. 아무리 날고 기는 기업이라고 해도 은행의 여신 없이는 사업이 굴러가지를 않는다. 그렇기에 은행과 기업의 관계는 슈퍼 '갑'과 을의 관계이다.

 고로 중소기업은 은행이 까라면 까야 하고, 구르라면 굴러야 한다.

 '슈퍼 갑이 되어 보시겠다? 오케이, 알겠어!'

 갑의 입장에서 인호를 마구 굴려 주겠다는 뜻이다.

 너와 나의 차이를 똑똑히 보라는 것이다.

 인호는 자신이 갑이 되려는 그의 싸움을 정면으로 받아 주기로 했다.

 "가는 김에 거래처 관리도 좀 하고! 그러고 돌아오겠습니다!"

 "그나저나 혼자서 가능하겠어? 사람 좀 붙여 줘?"

 "아니요! 혼자서도 충분합니다!"

 "…하루에 최소 서른 개씩은 돌아야 가능할 텐데?"

 "후후, 그럼요!"

 거래처 관리에 나서기 전.

 대표이사 집무실에 들렀다.

 "장인어른!"

 "아침부터 무슨 일인가?"

 "잠깐만요! 챙길 게 좀 있어서!"

 인호는 대표이사 집무실 찬장에 있던 인삼차며 복분자 분말 같은 걸 잔뜩 챙긴다.

그것도 정력에 좋다는 것만 골라서 담았다.

마치 쇼핑하듯 이것저것 백 팩에 담는 인호를 보며 장인이 인상을 와락 일그러뜨린다.

"…자네 지금 뭐 하는 건가?"

"거래처에서 쓰려고요!"

너무나도 태연하게 정력식품만 쓸어 담는 인호를 보며 장인은 기가 찬다는 듯이 말한다.

"…최 서방, 드디어 미친 건가?"

배시시 웃으며 가방의 지퍼를 닫는 인호.

지익!

"다 됐다! 그럼 다녀오겠습니다!"

"…이런 미친, 어떤 또라이가 장인 물건에 손을 대?"

"어? 이거 장인어른 물건 아닌데요? 우리 회사 비품인데요!"

"보면 몰라? 내 사비로 산 거잖아?"

"오! 그럼 더 개꿀! 잘 먹겠습니다!"

"하, 이런…."

"걱정 마세요! 혼자 먹는 거 아니고, 거래처랑 나눠 먹을 거니까!"

"…거래처?"

대표이사 집무실은 그야말로 노다지다.

캐면 캘수록 좋은 게 끝도 없이 쏟아지니 말이다.

"건강은 제가 따로 챙겨 드릴 테니 서운해 마십쇼!"

"…사위가 아주 미친 짓만 골라서 하니까 오히려 내가 이상한 사람이 된 것 같군그래."

투덜거리긴 해도 영업에 쓴다는데, 장인도 더이상 뭐라 하지는 않았다.

김 비서도 쓰게 웃었지만, 인호의 행동을 딱히 제지하지는 않는다.

이것저것 가방에 챙긴 뒤, 인호가 장인에게 묻는다.

"아 참, 장인어른! 요즘에 퇴근하면 뭐 하십니까?"

"뭐 하긴, 집에 가서 소주 한잔하고 자지." 외로운 중년의 홀아비가 집에서 할 일이란 뻔하다.

인호는 장인의 시간을 건강에 투자해 보기로 했다.

"저녁에 저랑 같이 헬스장이나 가시죠!"

"…어딜 가?"

"우리 서아가 뱃살 나온 사람만 보면 자지러지게 운다는 거 아닙니까! 가족모임을 하려면 적어도 5kg 정도는 빼야 하지 않겠습니까?"

"진짜…?"

"네!"

보통의 떡밥으론 절대 운동 따위는 하지 않을 것이다.

하나 손녀 얘기라면 달라진다.

"…헬스는 좀 할 줄 알아?"

"제 몸 보면 모르시겠습니까?"

"하긴."

10년 넘는 웨이트 트레이닝으로 다져진 몸이다.

중년남성 한 명 트레이닝 시킬 정도의 지식과 경험은 충분했다.

"그럼 오늘부터 시작하시는 겁니다!"

"일 끝나면 전화해."

"넵!"

이 별것 아닌 것 같은 일상의 작은 변화 하나가 아성철강에는 그야말로 대변혁을 가져올 것이다.

당당한 걸음으로 회사를 나온 인호.

그는 회사 차를 타고 거래처가 밀집해 있는 공장단지에 도착했다.

차의 트렁크를 열어 뭔가를 꺼내는 인호.

이게 바로 비장의 무기였다.

바닥에 스케이트보드를 내려놓는 인호.

'이게 대체 얼마 만이지? 한 10년쯤 되었던가?'

대학을 다니던 시절, 인호는 스케이트보드 동아리에서 활동한 적이 있었다. 그리고 그 실력을 살려서 그는 짜장면 배달도 했었다.

골목골목을 누벼야 하는 서울지역의 배달에서 스케이트

보드는 의외로 효율적이었고, 당시에 그는 제법 짭짤한 시급을 받았었다.

'철가방을 메고도 탔는데, 이 정도야, 뭐!'

철강회사의 거래처는 대부분 동종업계이거나 공업 계열이다.

공장단지 내에 위치해 있거나, 단지 내에 없어도 상공업 특화단지 내에 밀집해 있기 때문에 도로나 인도가 아주 넓게 잘 구성되어 있다.

특히나 이곳에선 운전연습을 하는 사람들이 있을 정도로 도로가 한적했기 때문에 보드를 탄다면 딱 안성맞춤이다.

"자, 가즈아!"

드르륵, 드르륵, 촤아아악!

힘차게 미끄러져 나아가는 스케이트보드.

무거운 가방 덕분에 가속도에 탄력이 더 붙는 느낌이다.

오랜만에 타는 보드이지만, 잘 포장된 인도를 달리니 씽씽 미끄러지는 맛이 옛날의 기억을 되살려 준다.

쏴아아아아!

시원한 바람이 인호의 머리카락을 나부끼자 자신이 살아 있음을 다시 한번 느끼게 된다.

이윽고 도착한 거래처.

차량 없이도 오히려 보다 빨리 도착한 느낌이다.

"안녕하십니까! 아성철강 신입사원 최인호입니다!"

"아, 그래요! 아이고, 윤 사장님 사위께서 아주 인물이 훤칠하시네!"

"감사합니다!"

"얼른 들어와요! 와서 커피 한잔하고 가!"

"네, 감사합니다!"

이동시간과 커피 타임까지 합치면 거래처 하나당 한 시간은 걸려야 정상이다.

그러나 인호는 그 시간을 효율적으로 사용할 수 있는 수단이 있었으므로 하루 안에 서른 개의 거래처를 도는 것이 가능할 것이다.

'하루에 서른 개 정도는 문제없겠어!'

아마도 곽윤일은 일부러 이렇게 타이트하게 수요예측을 요구했을 것이다.

요즘은 대출상환이 뜨거운 감자로 대두될 정도로 자금시장이 별로 좋지 않으니 최대한 자금을 회수하려는 속셈이 분명했다.

하나 그가 간과한 것이 있었으니, 그건 바로 최인호라는 변수였다.

'요즘은 야근을 빡세게 하니까 오히려 좋지, 뭐!'

지금 이 시즌에는 야간업무를 하는 회사들이 많다.

철강업계의 특성상 협력업체와 거래처의 물량이 늘어나기 때문인데, 장인이 인호에게 입사하자마자 인맥을 최대한 쌓으라고 한 것도 그런 이유였다.

지금 얼굴을 익히지 못한 상태에서 나중에 성수기가 되는 3월부터 6월에 막상 업무가 꼬이면 곤란하지 않겠는가.

'주야로 재고 체크하면 하루에 서른 개는 껌이지, 뭐!'

철강의 성수기 시즌은 관세 적용 시기와도 겹치기 때문에 저녁에도 충분히 거래처 방문이 가능하다는 이점이 있다.

게다가 최근에는 중국과 미국, 일본 등 많은 국가들이 무역마찰을 빚고 있어서 계절관세라든지 쿼터제 등을 피해 거래하는 경우가 많았다.

'오히려 밤에 찾아가면 땡큐일걸?'

인호는 스케이트보드를 타고 제조회사들을 먼저 찾아다니기 시작했다.

현장업무는 보통 저녁에 마무리가 되기 때문에 현장특화 기업의 방문을 먼저 끝내는 것이 우선이다.

"아성철강에서 나왔습니다!"

"새로 오신 양반이로구만? 들어와요! 커피나 한잔합시다!"

"아! 커피 말고 제가 가져온 인삼차는 어떠십니까?"

"오, 인삼차 좋지!"

하루 종일 커피만 마셨다간 속 버리기 딱 좋다.

정력이나 자양강장에 좋다는 걸 차로 가지고 다니면서

번갈아 마시면 서로에게 좋을 것이다.

이래서 가방에 이것저것 준비한 것이다.

아니나 다를까, 반응이 바로 온다.

"크흐, 진하네!"

"이게 또 정력에 좋은 지리산 꿀로 담근 차 아니겠습니까?"

"하하, 내일 아침에는 변기에 금이 가겠군!"

아저씨들은 그저 정력에 좋다면 돌이라도 씹어 먹을 양반들이다.

특히나 야관문으로 우려낸 차가 반응이 제일 좋았다.

그렇게 하루 종일 공장을 돌면서 얼굴도장을 찍은 인호는 저녁이 되자 노선을 변경했다.

이번에는 족발이며 치킨을 싸 들고 다니면서 거래처를 방문했다.

"아성철강 신입사원 최인호입니다! 야식 드시고 하세요!"

"오오, 야식!"

야간근무를 하는 사람들에게 야식은 그야말로 생명수나 다름이 없다.

거래처 사람들은 인호의 센스에 감탄사를 연발한다.

수요예측도 좋지만, 이렇게 인맥을 두텁게 하는 것도 중요하다.

'요즘 짬이 도통 안 났는데 오히려 잘됐지, 뭐!'
하루에 서른 개, 전혀 어렵지 않다.

하루 종일 거래처를 돌았지만, 장인과의 헬스 약속은 절대 잊지 않았다.
"…뭐야, 정말로 다 돌았어?"
"어?! 장인어른, 설마 제가 오늘 DB 수집 때문에 헬스장에 못 나왔으면 한 건 아니시죠?!"
"험험!"
인호는 그 자리에서 아내에게 전화를 건다.
"여보양!"
-앙! 서방!
"지금 장인어른이랑 헬스장 왔어! 글쎄 장인어른께서 말이지! 서아가 시집가는 것까지 보겠다고 나한테 운동을 배우겠다고 하시지 뭐야!"
-정말? 맞아! 우리 아빠 배불뚝이 아저씨라 운동 좀 해야 해! 우리 아빠 좀 빡세게 굴려 줘! 만약 게으름 피우면 국물도 없을 줄 알라고 전해!
"흐흐, 장인어른! 들으셨죠?"
장인은 절대 딸을 이길 수 없다.
어쩔 수 없이 고개를 끄덕거리는 장인.
"…가지."

이제 장인의 목에 줄을 채웠으니 마음대로 굴릴 수 있다.

'흐흐, 쾌감 죽이겠는데?!'

헬스장 카운터에 들어서자마자 1년 연간회원권을 끊어 버린다.

"장인어른! 둘이 해서 100만 원이랍니다!"

"…뭐야, 1년짜리를 덥석 끊으면 어떡하나?!"

"사위가 되어서 어찌 장인어른 돈을 함부로 막 쓰겠습니까? 기왕지사 하는 김에 연간회원으로 끊으면 더 쌉니다!"

"하….."

"관장님, 두 명 해서 결제 부탁드려요!"

물론 결제는 장인 카드로 시원하게 긁어 버렸다.

눈 뜨고 코 베인 장인은 그제야 자신이 인호의 덫에 걸렸다는 걸 깨달은 모양이었다.

하나 이제 더 이상 돌이킬 수 없다.

옷을 갈아입고 몸을 푸는데 장인의 스트레칭이 영 엉망이다.

"아이고, 몸이 이렇게 뻣뻣해서 어쩌려고 그러십니까!"

"…이 나이 정도 되면 원래 다 그래. 자네는 안 늙을 줄 알아?"

"그래도 이건 아니죠!"

우득!

"컥!"

"여기, 소흉근부터 빡세게 풀어 줘야 한다는 겁니다! 아셨죠?"

타격감이 아주 쫄깃쫄깃하다.

근육을 풀어 주고 간단히 스트레칭을 마친 뒤에는 벤치 프레스로 이동했다.

장인을 벤치에 눕히고 빈봉을 들어 올리라고 시키자, 팔을 덜덜 떨면서 올리기 시작한다.

"올려요! 업!"

"…으으읍!"

"에이, 장인어른! 대체 운동을 얼마나 안 하셨으면 근력이 이렇습니까?"

장인을 합법적으로 굴릴 수 있는 방법.

바로 운동을 가장한 고문이다.

'흐흐흐! 바로 이 맛 아닙니까!'

사람들은 지나가며 인호와 장인을 슬쩍 쳐다본다.

덩치는 곰처럼 큰 사위가 장인을 사정없이 쪼아 대고 있으니, 눈에 띄는 건 당연한 일이다.

"…자네, 일부러 이러는 거지!"

"일부러 이러는 게 맞기는 하죠! 헬스는 원래 점진적 과부하가 기본 아닙니까!"

"뭔… 과부하?"

"마지막에 하나 더! 이게 중요하다는 뜻입니다. 스텝 바이 스텝! 노 페인 노 게인! 장인어른 신조 아닙니까?"

"하, 젠장…. 저 여우같은 곰탱이한테 속았군!"

"그럼 이번엔 저 시작합니다! 장인어른, 원판 끼워 주십쇼!"

안 그래도 벤치프레스 드느라 팔이 덜덜 떨리는데, 인호는 몸풀기로 100kg을 들어 버리니 원판을 끼우는 장인은 그야말로 죽을 맛이었다.

"파, 팔이…."

"에헤이! 원래 원판은 양쪽 다 배우는 사람이 끼워 주는 건데! 이렇게 느려서야, 원!"

"더 이상은 못 참겠다. 내 저놈을 당장…!"

"어?! 서아가 지켜보고 있어요?!"

귀에 못이 박이도록 채찍질을 하다가 장인이 못 버티는 것 같으면 이렇게 사탕을 던져 준다.

그럼 장인은 마지못해 하게 되어 있다.

"…몇 킬로라고?"

"시작은 가볍게 100kg부터!"

"끄응!"

20kg짜리 원판 두 개에 10kg짜리 원판 하나면 끝나는 간단한 일이지만, 운동을 쉬었던 사람에게는 그야말로 곤욕이 따로 없을 것이다.

'이게 다 장인어른에게 피가 되고 살이 된단 말입니다!'

단순히 장인을 굴려 먹는 게 고소해서 그러는 게 아니다.

원판을 끼우는 이 과정에서도 근력이 생기고 지구력이 길러지기에 인호는 눈물을 머금고(?) 장인을 굴려 대고 있는 것이다.

"자, 그럼 시작합니다! 흡!"

복부에 힘을 꽉 주고 견갑은 견고하게 홀드 해 놓고, 적당한 팔꿈치의 각도를 유지하면서 가슴근육을 옆으로 쫙 늘려 준다.

천천히 텐션을 유지하면서 바벨을 내리자 가슴에서 쫀쫀한 자극이 느껴진다.

"…오! 자세 죽이는데?"

"새로 온 트레이너인가? 관장님, 저 선생님은 PT 얼마씩 해요?"

사람들이 지나가면서 인호의 자세에 감탄사를 연발한다.

봉 무게를 제외한 100kg이 언뜻 별것 아닌 것 같아도 정자세로 수행하는 건 엄청나게 힘든 일이다.

무려 열다섯 개나 들고 바벨을 내려놓는 인호.

쿠우웅!

"아이고, 쫀쫀하다! 장인어른, 곧바로 120kg 가시죠!"

"…자네 괴물이야?"

"에이! 듣는 괴물 섭섭하게 괴물이 뭡니까?!"

"그게 뭔 소리야…?"

"아무튼, 10kg짜리 빼고 20kg으로 바꿔 주십쇼!"

10kg짜리 원판을 빼라는 소리에 장인의 얼굴이 와락 구겨진다.

"…그냥 10kg짜리 끼워."

"헬스장에서 그러면 안 되는 겁니다! 무슨 원판 콜렉터도 아니고! 장인어른, 이상한 취미 있으신 건 아니죠?"

"젠장…!"

원판을 뺐다 끼우는 장인을 보며 인호는 대놓고 낄낄거린다.

그런 인호를 보며 장인은 이를 드러낸다.

"…방금 웃었지? 그치?!"

"장인어른이 건강해지는데 사위가 되어서 어찌 안 웃고 넘어가겠습니까?!"

"두고 보자…!"

조금의 보복쯤이야 얼마든지 감내할 수 있다.

"얼마든지 보십쇼! 그러면 그럴수록 장인어른만 힘들어지는 겁니다!"

"저게 아주 대놓고…!"

"자, 그럼 120kg 시작!"

내일이면 몸살이 날 텐데, 과연 보복을 할 수 있을지 미지수다.

'흐흐흐! 당연히 불가능하지롱!'

1월 20일 현재 국제펄프 가격이 톤당 600달러 선이 붕괴되기 직전이다.

불과 사흘 전까지만 해도 700달러 선을 유지하던 펄프 가격이 완전히 주저앉은 것이다.

국제 펄프선물거래소가 위치한 핀란드 옵션시장(FOEX)에는 그야말로 찬바람이 쌩쌩 불어닥쳤다.

"…595달러 돌파했습니다!"

"펄프 가격, 계속 폭락합니다!"

"빌어먹을!"

펄프의 선물가격이 사상 최대 낙폭을 기록하며 맥없이 떨어져 내린다.

지금까지 쌓아 놓은 펄프의 재고량이 거품붕괴를 가속화시키면서 투자자들에게서 물량을 마구 털어내고 있던 것이다.

"550달러까지 떨어집니다!"

"시장에 계속 물량을 던지고 있습니다!"

"청산 건수, 계속 늘어납니다!"

핀란드의 옵션 회사들은 이제 더 이상 선택지가 없었다.

지금이라도 포지션을 청산하고 시장을 떠나야 함을 느낀 것이다.

"우리도 털어!"

"…전량 말입니까?"

"지금이라도 포지션 청산해서 마이너스 최소화해야지."

잘못하면 반토막이다.

600달러 선이 무너진 지 얼마 안 되어 50달러 이상 빠진 것을 보면 열흘 내로 300달러 선까지 무너질 수도 있다는 소리다.

"던져!"

"…알겠습니다."

핀란드에서 대량의 옵션청산이 이뤄지고 있을 무렵.

한국에선 그야말로 일대 축제가 벌어졌다.

펄프 가격이 폭락하자 그 여파가 빠르게 제지업계를 뒤흔들었다.
 "30%?!"
 "네! 이대로 가면 이번 달 수지 상승률이 30%까지 올라갈 것으로 보입니다!"
 제지회사들은 그야말로 만세를 불렀다.
 지금까지 수지악화로 제 살 깎아 먹기로 버텼던 제지회사들은 이제 원가절감을 통해 도약의 발판을 준비하기 시작한 것이다.
 "싱가포르에서 10% 추가 주문을 넣었답니다!"
 "…이제 그쪽에서도 펄프 가격이 떨어지고 있다는 걸 감지한 거야!"

안 그래도 안 팔리는 종이 가격을 억지로 내렸는데, 펄프 가격이 알아서 따라와 주니 이보다 더 감동적인 순간이 대체 어디 있단 말인가!

그러는 한편.

이런 감동적인 순간은 태림상사에게도 이어졌다.

"…보관비용이 80% 하락해?"

"이게 다 인호 덕분입니다!"

"허 참!"

퇴사한 최인호의 한마디에 펄프의 재고물량을 줄였던 태림상사는 그야말로 홀가분한 출발을 할 수 있게 되었다.

"우리가 그 친구에게 오퍼 비용을 얼마나 받는다고?"

"1.5% 정도 예상하고 있습니다." "0.5%까지 깎아 줘."

"그래도 됩니까?"

"이 바닥에서 신의 없이 어떻게 거래를 하겠나?"

해외무역부 1부장 정호균은 자신의 곁을 떠난 에이스가 물어 온 먹이를 기꺼이 받았고, 그에 대한 보은을 했다.

"앞으로 관계유지 잘해 보자고. 또 무슨 떡밥을 던질지 어떻게 알아?"

"안 그래도 그러고 있습니다. 같이 붙어 다녔던 사원 하나가 개인적으로도 친분을 쌓고 있다니까요."

"이럴 때 우정이 중요한 거지."

사람의 관계는 이래서 한 치 앞을 모르는 것이다.

기쁨에 노래를 부르던 정호균에게 문자가 한 통 도착한다.
삐비빅!

[부장님! 저 인호입니다! 부탁이 하나 있어서 그러는데요…]

문자를 확인하는 정호균의 얼굴에 미소가 번진다.
"그래. 최인호. 이 기회를 그냥 놓칠 리가 없지!"
"무슨 일인데 그러십니까?"
정 부장은 웃으며 산하 부서의 팀장들에게 업무를 지시한다.
"앞으로 우리 창고로 들어올 물건 중에서 펄프제품 일부를 잘 빼놓도록 해."
"펄프요?"
"아성철강으로 보낼 거야."

같은 시각.
청천은행으로 뜻밖의 소식이 전해졌다.
"…이걸 벌써 다 했다고?"
"방금 전 아성철강 영업팀에서 보내왔습니다."
아성철강 영업팀에서 수요예측 보고서를 작성해서 보낸 것이었다.

수요예측 보고서를 작성하라고 지시한 지 불과 열흘이 지났을 뿐이다.

기한까지 무려 열흘이나 더 남았는데 벌써 보고서 작성을 끝냈다니, 그저 놀라울 따름이었다.

'이 새끼, 제법인데?'

곽윤일의 얼굴에 당황스러움이 그대로 묻어난다.

"차장님, 어떻게 할까요?"

"…일단 결재 올려."

"아 참, 방금 연락이 왔는데 말입니다. 아성철강에서 철근을 제외한 건자재 조달에 대한 자금유통 규모를 1/3로 줄이겠다던데요?"

순간 곽윤일의 표정이 딱딱하게 굳어 버린다.

"뭐, 뭐가 어째? 여신 규모를 줄여? 허! 미친놈이 아닌 이상에야 갑자기 그게 말이 되는 건가?"

"태림상사에서 직배송을 해 준다는 모양입니다. 외상으로요."

"…어?!"

말도 안 되는 소리였다. 무역상사가 대체 무슨 바람이 불어서 건축에 필요한 자재를 외상으로 준단 말인가?

"그나저나 난감하게 되었네요. 아성철강은 차장님 처가라서 여신매출은 잘 나올 거라고 위에서 잔뜩 기대하고 있던데 말입니다."

"빌어먹을…."

"이번에 경기도 공사 건은 아성철강에서 죄다 쓸어 담던데, 이제 어쩝니까?"

막내동서가 워낙 파급력이 좋아서 벌써 네 건이나 거래를 성사시켰다.

이대로라면 청천시 내에선 그를 따라갈 사람은 없을 것이다.

'…이 새끼, 생각보다 여우 같은 놈일세?'

아무래도 빠른 시일 내에 아성철강을 찾아가 봐야 할 모양이다.

1월 30일.

국제펄프 가격은 사상 최대 낙폭을 기록했다.

'음! 분명 어제도 사상 최대 낙폭이라고 했던 것 같은데?'

PDA 속 시황을 소개하는 기사들이 인호의 눈을 자극했다.

[국제펄프 가격 정상화 국면으로…]
[비명을 질러 대는 펄프 시장, 이대로 사업자들 매각 단행…]

이제는 바닥이 어디인지도 모른다고들 한다.
현재 펄프 가격은 360달러.
톤당 500달러 가까이 떨어진 가격이었다.
물론 아직도 바닥은 조금 더 가 봐야 나타난다.
그러나 인호는 여기서 손을 털기로 한다.
 '음, 이제 슬슬 청산을 해 볼까?'
드디어 손을 털 시간이다.
옵션은 아직 한 달이나 남았고, 가치 역시 상당히 매력적이었다.
풋옵션의 가치는 사상 최대였기에 인호가 손을 턴다면 이보다 더 좋을 수는 없을 것이다.

[풋옵션 청산]
[주문완료]
[정산금 : 557,500달러(US/D)]
[상태 : 세금 및 추가계산 전]

일단 당장 벌어들인 돈만 해도 한화로 7억2천이다.
여기서 세금에 수수료에 이것저것 뗄 것이 많을 테지만, 최소 7억은 인호에게 떨어진다.
 '와…! 진짜 7억이 벌렸네? 아하하하!'
그저 놀라울 따름이었다.

일반인이 단 한 달 만에 7억을 손에 쥘 수 있는 일이 얼마나 있겠는가!

마치 로또라도 맞은 느낌.

그야말로 꿈속을 걷는 듯한 착각이 든다.

'…회귀, 진짜 개꿀이네?!'

날아갈 것만 같았다. 세상이 온통 아름다워 보였고, 숨 쉬며 살아 있는 것만으로도 그저 기쁨이 느껴진다.

절로 콧노래가 나오는 인호.

"룰룰루루루!"

만약 지하철역에서 누가 노래라도 틀어 준다면 그 자리에서 춤출 수 있을 것 같은 기분이다.

그런 그의 곁에서 PDA를 바라보고 있는 사람이 있었다.

"…진짜로 내렸네?"

"아! 이제 봤어요? 어때요? 이게 바로 풋옵션의 진리라는 겁니다!"

임 대리에게 옵션을 알려 주기에 지금보다 적기도 없다.

해서 인호는 그에게 선물옵션이라는 게 어떤 것인지 알려 주고자 콜옵션, 풋옵션을 각각 구매하게 했고 결과를 지켜보게 만들었다.

"수익현황은 어떻습니까?"

"…제로섬이네요."

"잘못했으면 콜옵션이 바로 나락으로 떨어져서 쪽박을

찰 뻔했죠. 그렇죠?"

"그러게 말입니다…."

"옵션이라는 게 그래요. 잘못하면 그대로 저승길로 떨어지고 말죠."

임 대리는 절로 고개를 가로젓는다.

"난… 두 번 다시 옵션은 못 건드리겠네요. 아니, 투자를 그냥 배우는 것이라면 몰라도 실전에서 써먹기는 두려울 것 같아요!"

"투자라는 게 원래 그래요."

이것이 바로 인호가 원하던 그림이다.

평생 인호가 저 사람의 투자를 이끌어 줄 수는 없으니 차라리 공포감을 심어 줘서 슬기롭게 지식을 활용할 수 있게 해 주려는 것이었다.

'다음에는 재미 좀 볼 수 있게 해 줘야겠군.'

그래도 무작정 공포심을 느끼게 해 줄 수는 없다.

아주 소소한 재미 정도는 괜찮지 않을까 싶다.

투자에 성공한 인호는 함박웃음을 지으며 출근도장을 찍는다.

"좋은 아침입니다!"

"어이, 우리 슈퍼막내! 이번에도 사고 한번 거하게 쳤다면서?"

"사고라니요?"

"시치미 떼긴! 은행이자 없이 조달금리 제로로 건자재 원자재를 외상으로 조달했다면서."

"아하! 난 또 뭐라고! 어휴, 별거 아닙니다! 그저 오랜 친구를 도와줬을 뿐이고, 그 보답을 아주 살짝 받은 것뿐이라고요!"

"하여간 진짜 대단하긴 해!"

이제 팀의 두 대리도 인호를 인정하지 않을 수 없었다.

그가 손만 대면 여기저기서 대박이 터지니, 이제는 다들 인호를 조금씩 두려워하기까지 한다.

'아! 물론 여기서 제일 똥줄 타는 놈은 따로 있긴 하겠지만!'

김 대리는 요즘 아마 죽을 맛일 것이다.

막내가 내기에서 이겼는데도 불구하고 연전연승을 하고 있으니 말이다.

"그… 최 사원! 내가 안마해 줄까?!"

"갑자기요?"

"아, 아하하! 갑자기라니! 우리 부서 영웅인데!"

"됐습니다! 저보다 나이 많은 사람에게는 안마 안 받거든요!"

"…그, 그래?"

조만간 저놈도 잘 조련시켜서 요긴하게 써먹을 생각이다.

오 과장은 김 대리의 마음을 아는지 모르는지, 인호의 관심을 다른 곳으로 돌린다.

"아 참, 그 얘기 들었어? 지금 청천은행 여신관리 과장이 사장님을 찾아왔다던데 말이야."

"흐흐, 그래요…?"

과연 첫째 동서는 무슨 일로 장인을 찾아온 것일까?

'안 봐도 비디오지, 뭐!'

인호가 벌인 일 때문에 실적이 잘려 울며 겨자 먹기로 장인을 찾아왔을 것이다.

아니나 다를까, 김 비서가 인호를 찾아왔다.

"최인호 사원, 사장님 호출입니다."

"넵!"

웃으며 김 비서를 따라나서는 인호.

그런 그에게 김 비서는 엄지를 척 추켜올려 보인다.

'따봉!'

눈시울까지 붉어진 채로 장인과 독대 중인 손윗동서.

인호는 짐짓 모른 척 장인에게 인사를 건넨다.

"찾으셨습니까?"

"그래, 최 서방, 좀 앉지."

어쩐 일로 최 사원이 아니라 최 서방이라는 사적 호칭을 다 쓴다.

아무래도 인호가 오기 전에 곽윤일이 장인을 꽤 많이 조른 모양이었다.

'새끼, 남자가 쪼잔하게 그깟 일로 앙탈을 부려?'

생긴 대로 노는 저 하남자를 보고 있자니 그동안 불태웠던 전의마저 상실되는 느낌이다.

인호는 일단 장인의 말대로 자리에 앉는다.

"무슨 일이십니까? 이제 곧 거래처 둘러봐야 할 시간이라서 말입니다!"

"우리 주거래은행에서 대출과장이 찾아왔잖아. 자네에게 할 말이 있다는데, 한 번쯤은 들어 봐야 하지 않겠나?"

기업의 여신은 사장이 마음대로 늘리고 줄이는 게 아니다.

영업팀에서 끌어온 프로젝트에 얼마가 필요하고, 거기에 조달할 자금 규모가 어느 정도인지 정확하게 파악해서 관리해야 한다.

만약 사적으로 대출을 조이거나 풀어 주면 금감원이나 공정위에서 절대 가만히 있지 않는다.

그러니까, 한마디로 현 공사 건 관련 여신은 인호의 손에 달려 있다는 것이나 마찬가지인 셈이다.

"저는 대출이 필요한 만큼 재무팀에 보고했고, 사장님께서 승인을 해 주신 걸로 압니다만?"

"음, 뭐 그렇긴 하지. 아무튼, 얘기나 한번 들어 봐."

장인에게도 뭔가 생각이 있을 터.

인호는 대체 저 하남자가 무슨 말을 할지 일단은 차분히 들어 주기로 한다.

"그럼 과장님, 말씀하시죠."

"…그, 일단은 저희 은행을 지금까지 이용해 주셔서 감사하다는 말씀드리고 싶고요. 더불어 이번 여신 규모 단축에 대한 얘기를 좀 나눠야 할 것 같은데 말입니다."

"음? 그에 대해선 이미 금감원에도 보고된 것으로 아는데요."

"그렇기는 합니다만…. 적어도 다음 분기의 건자재 조달은 외상이 아니라 저희 은행을 통해서 흘러가도 괜찮겠다 싶어서 말입니다."

"우리가 왜요?"

"한 번 줄어든 여신 규모는 다시 늘리기 어렵다는 거, 잘 아실 것 같습니다만."

여전히 저 하남자는 아성철강을 돈으로 옥죄려는 모양이다.

그렇다면 인호는 더 이상 할 말이 없었다.

"아, 그거요? 괜찮아요. 이제 대출 안 받고 투자받아서 굴리면 되거든요!"

"…투자라니요."

"우리가 지금 수주한 계약이 몇 건인 줄 아세요? 그리고 대현차 그룹에서 내어 준 계약은 또 얼마고요. 그런데 뭐하러 굳이 여신 규모까지 늘려 가며 장사를 합니까?"

"어…."

"이제 우리는 청천시가 아니라 글로벌 시장에서 거래하게 생겼는데 굳이 청천은행에 손 벌릴 이유 있어요?"

고작 과장 직급의 권한을 가진 청천은행 직원이 아성철강을 압박했을 때부터 이미 인호는 주거래은행을 바꾸겠다고 굳게 다짐했었다.

또한, 저놈의 큰 동서가 은행 출신이라면서 장인의 속을 계속해서 닦달할 걸 생각해서 아예 싹을 잘라 버리려는 것이다.

인호는 웃으며 말한다.

"당신이 손에 쥔 그거! 히든카드라고 생각했겠지만, 그건 크나큰 오산이에요."

"…카드?"

"어디서 주워들은 건지는 몰라도 우연히 들은 걸 겁니다, 펄프담합에 대해서!"

"헉…!"

손윗동서는 펄프 카르텔에 대한 정보를 손에 넣었고, 그걸 이용해 인호를 압박하려 했다.

하나 그건 히든카드가 아니라 독약이었음을 곽윤일은 새까맣게 모르고 있었던 것이다.

"혹시 채찍효과라고 들어 보셨습니까?"

흔들리는 곽윤일의 눈동자.

인호는 그 눈동자를 똑바로 응시한다.

"펄프 가격은 롤러코스터를 타듯이 하락했습니다. 그런데 이상한 점이 있었죠. 그 시발점은 분명 미국이었는데, 희한하게도 가장 먼저 타격을 받은 쪽은 한국이라는 점 말입니다!"

"…그게 나랑 무슨 상관이라는 겁니까?"

"생각해 봐요! 뭔가 좀 이상하지 않아요? 국제 메이저 시장인 미국에서 폭락장이 벌어지면 그 여파가 진동을 따라 아시아, 한국으로 넘어오는 겁니다. 그런데 이건 앞뒤가 바뀌었잖습니까! 어떻게 폭락하자마자 한국의 펄프 가격이 제일 먼저 떨어져요? 이상하지 않아요?"

"무슨 말이 하고 싶은 건데요?"

"중간에 카르텔이 있다는 겁니다! 사재기를 해 두었으니 가격이 떨어진다 싶으면 미친 듯이 시장에 내다 파는 거죠!"

카르텔이라는 얘기가 나오자 곽윤일의 눈동자가 사시나무 떨듯 떨리기 시작한다.

인호는 웃으면서 그를 더욱 몰아붙였다.

"더러는 이렇게 생각하는 사람도 있었을 겁니다. 카르텔이 물량을 조절할 테니 펄프 가격은 반드시 오른다!"

"……."

"그래서 당신은 아성철강의 대출을 조이면 우리가 내장재를 조달하기 어려워질 것이라고 생각했겠죠. 그렇게 되면 애써 따 놓은 철근 입찰까지 날아갈 것이 뻔하니 아주 좋다면서 보고서 제출을 명령했던 것 아닙니까?"

"보고서는 통상 연초에 받는 것인데…."

"그런데 그 분량이 가히 국세청 전수조사 수준이던데. 그건 다시 말해서 애초에 상환 만기를 연장해 줄 생각이 전혀 없었다는 소리 아닙니까?"

곽윤일의 이마에서 땀이 비 오듯이 흘러내리기 시작한다.

아까부터 장인이 도끼눈을 하고 곽윤일을 노려보고 있는 것이었다.

"자, 장인어른! 아시죠?! 저는 절대 그럴 사람이 아니라는 거!"

"…최 서방, 계속해 보게."

잘못하면 거래가 아니라 아예 인연이 끊어질 수도 있을 것 같은 분위기였다.

사실 지금으로선 아성철강이 거래를 끊어도 청천은행은 할 말이 없다.

아성철강은 이제 한국 메이저 은행들에게서 싼 가격으로 여신을 받아다 써도 전혀 이상할 게 없는 위치까지 올라섰으니까.

"펄프 카르텔이 설친다는 얘기를 듣고 당신은 이렇게 생각했던 겁니다. 올해도 결국 펄프 가격은 오르겠구나!"

"…아니야! 그럴 리가 있나!"

"그럴 리가 있는지 없는지는 청천은행 본사를 찾아가 보면 알게 될 일이죠! 아무리 당신의 끗발이 좋아도 설마하니 15년 넘게 거래해 온 고객을 상대로 수요예측 전면 재검토를 지시할 수 있을 것 같습니까? 결국엔 당신 윗선까지는 올라가야 재검토 지시가 떨어질 텐데, 그렇게 하자면 펄프 가격 상승으로 우리가 상환능력이 다소 떨어질 것이라는 주장 정도는 있어야 하지 않겠어요?"

인호는 눈을 감고도 곽윤일이 어떻게 재검토 지시를 받아냈는지 알 수 있었다.

전생에서도 그는 똑같은 방법으로 장인을 매번 압박했었기 때문이다.

"장인어른께서는 아직 눈치 못 채셨을지도 모르겠습니다만, 청천은행과 트러블이 생길 때마다 알게 모르게 공작을 펼친 게 바로 저 곽가입니다."

"…음."

"품으시든, 옆에 두시든, 그건 장인어른 마음입니다만, 솔직히 저 같으면 이런 소인배를 다시는 상종도 하지 않을 겁니다."

인호는 곽윤일에게 미끼를 던졌고, 그가 덥석 물어 버린 것이다.

'세상에 비밀이 어디 있나? 아마 술에 취해 집에 가는 동안 처형의 입에서 정보가 샜거나, 동료들에게서 어설픈 정보를 얻어냈겠지!'

곽윤일이 인호에게 갑질을 하려 채찍을 휘둘렀을 때, 이미 인호는 눈치를 챘었다.

만약 곽윤일이 조금 더 신중한 사람이었다면 일이 이렇게 꼬이지는 않았을 테지만, 그는 신중함과는 거리가 먼 인간이었다.

"자, 장인어른! 저거 다 거짓말입니다! 저는 그저 윗선에서 시키는 대로 했을 뿐이라고요!"

"…구차하군. 가증스럽고 뻔뻔해!"

"예?!"

"최 서방, 저 물건 좀 얼른 치워 버려!"

"넵!"

인호에게 뒷덜미가 잡힌 곽윤일은 그 자리에서 닻에 걸린 듯이 일어났다.

"장인어른! 정말 억울합니다!"

"두들겨 맞고 나갈래요, 순순히 나갈래요?"

"…아!"

이것으로 첫 번째 골칫거리는 회사에서 축출되었다.

하나 인호는 여기서 한 가지 의구심이 든다.

'저 곽가 놈을 뒤에서 밀어준 새끼가 분명 있을 거야. 그렇지 않고선 이렇게 물 흐르듯 전수조사 수준의 예측보고서가 만들어질 수는 없지!'

대체 저놈의 배후에는 누가 있는 것일까?

아직 의구심이 해결되지는 않았지만, 곽윤일을 끌고 회사 정문까지 나왔다.

그리곤 뒷덜미를 잡아 메다쳐 버린다.

"썩 꺼져!"

"…으윽!"

"다시는 우리 회사 근처에 얼씬거리지도 마라. 알겠냐?"

"동서! 내가 진짜 미안해! 다시는 안 그럴게! 그러니 제발…!"

저 비겁한 놈은 어떻게 해서든 다시 인호를 찾아올 것이다.

앞으로 곽윤일은 시간만 나면 인호에게 매달릴 것이고, 인호는 저 인간을 조련해서 노비로 삼으면 된다.

'좋은 정보통이 될 때까지 똥줄 좀 태우고 있어라!'

곽윤일을 처리하고 돌아와 보니 장인은 차분하게 앉아 분을 삭이고 있었다.

"심란하십니까?"

"…아니."

"그럼 왜 그러십니까?"

"생각하는 중이야. 대체 저놈이 왜 그토록 우리 회사에 집적거렸는지, 청천은행에서는 대체 무슨 생각으로 15년 이상 거래한 고객을 그토록 매몰차게 내쳤는지."

아성철강이 몰락하기까지는 수많은 우여곡절이 있었다.

하나 단순히 회사의 부침이 있었다고 해서 몰락의 길로 접어든 것은 아니었다.

'의심할 게 많긴 해. 첫 번째로는 큰 처형이 어째서 저 곽가 놈에게 대표이사 자리를 넘겼느냐는 것이겠지.'

인호가 곽윤일에게 배후가 있다고 의심하는 이유는 바로 여기에 있었다.

장인 역시 이번 기회를 통해 깨달은 것이 많은 듯, 눈을 지그시 감고 있다.

그러다 불현듯 인호에게 묻는다.

"건자재 카르텔이 저렇게 설치고 다닐 동안, 과연 공정위는 뭘 하고 있었던 것일까?"

"…공정거래위원회 말씀이십니까?"

"아무리 생각해도 이상하단 말이야. 곽 서방이 바보 천치도 아니고, 카르텔이 설친다는 얘기 하나만 믿고 아성철강을 압박했다는 건 말이 안 되는 소리 아니야?"

역시 장인은 날카로운 사람이다.

사실 떡밥을 던진 인호도 대체 저놈이 어디서 무슨 소리를 듣고 움직인 것인지까진 알 수가 없었다.

'놈이 쓰던 과거의 수법을 복기시켜서 전략으로 이용한 것뿐이지, 사실 나도 내막까지는 알지 못했었는데. 이야, 역시! 눈치 하나는 대단히 빠른 사람이란 말이야?'

확실히 장인은 통찰력이 좋은 사람이다.

"큰애에게 자네가 카르텔 정보를 주겠다고 했던가?"

"네, 맞습니다!"

"…미안하지만 부탁 하나만 하겠네. 큰애의 정보원이 되어 주겠나?"

"정보원이라니요?"

"내 딸에게 이런 얘기를 한다는 게 좀 그렇긴 하지만, 사실 공정위와 엮였다는 얘기를 들으니 한 가지밖에 떠오르지 않는군."

순간 인호는 절로 눈살을 찌푸린다.

"설마 큰 따님을 의심하는 겁니까?"

"자네는 일말의 의심도 없다는 건가?"

설마하니 자기 큰딸을 의심하게 될 줄이야.

하나 장인의 추론을 듣고 보니 아무래도 공정위의 끄나풀은 윤설희일 가능성이 높아 보이긴 했다.

"그게 자의든 타의든 간에 이번 사건에는 큰애가 엮여 있을 가능성이 커. 자네가 중간에서 조율자 역할을 해 줄 수 있겠나?"

"음."

"부탁함세."

애초에 장인이 누군가에게 부탁을 할 사람이 아니다.

그만큼 윤황석은 조심스럽고도 애석한 마음으로 이 상황을 바라보고 있다는 뜻이다.

"일단 제가 큰 처형과 교류 관계를 이어 나갈 건 확실한 일입니다만, 솔직히 처형을 의심하고 싶지는 않습니다."

"…누군 의심하고 싶어서 하나? 상황이 이런걸."

"중립적인 시각으로 협력할 테니 나머지는 장인어른의 판단에 맡기겠습니다. 그래도 되겠죠?"

아무리 장인의 통찰력이 좋아도 인호는 중립을 지키는 게 좋다는 걸 누구보다 잘 알고 있었다.

한쪽으로 편향된 스탠스는 자칫 추후에 곤란한 상황을 만들어 낼 수도 있다는 걸, 그는 무수히 많이도 깨달았다.

"뭐, 아무튼 알겠네…."

"자! 그럼 이런 우중충한 얘기는 그만하시고, 헬스나 가시죠!"

헬스라는 얘기에 장인의 눈동자가 크게 흔들리기 시작한다.

"…헬스?"

"오늘은 하체입니다! 하하, 이 얼마나 맛있고 쫄깃쫄깃

한 메뉴입니까? 같이 드시러 가시죠!"

"아니, 오늘은 머리가 좀…."

"하하! 안 죽습니다! 자꾸 농땡이 부리시면 하체에 어깨 추가합니다!"

"…젠장, 갈게! 저 악마 같은 놈!"

"크크크!"

이럴 때일수록 건강을 잘 챙겨야 한다.

'제가 잡념을 아주 싹 날려 드리겠습니다!'

이건 장인의 건강을 위한 일이다.

합법적으로 장인을 굴릴 수 있다든지, 뭐 그런 식의 다른 의도는 절대로 없었다.

"흐흐흐, 출발하실까요?!"

*

헬스장에서 장인을 거의 반쯤 송장으로 만들어 버린 뒤, 인호는 웃으면서 집으로 돌아간다.

'아…! 오늘도 열심히 조졌다!'

제대로 걷지도 못해서 거의 기어서 계단을 오르던 장인을 생각하니 절로 미소가 피어오른다.

지하철을 타고 집으로 가는 길.

인호는 PDA로 미국증시를 살핀다.

[팔라듐 현재 가격 : 1,411달러(US/D) 11.5%▲]

그새 팔라듐 가격이 또 올랐다.

이 정도면 가히 메가톤급 폭탄이 터질 수도 있겠다는 생각이 든다.

'이걸 그냥 놓칠 수는 없지!'

[선물옵션]
[풋옵션]
[만기 : 3월 3일]
[종목 : 팔라듐]
[프리미엄 : 60달러]
[거래승수 : 100]
[개수 : 50]
[옵션행사가 : 1,411달러(단위 : 트로이온스)]
[위탁증거금 : 470,330달러]
[유지증거금 : 11,412달러]

'일단은 산뜻하게 이 정도로!'

증거금만 해도 한화로 6억이나 된다.

만약 팔라듐 가격이 여기서 10달러만 더 올라도 증거금은 그야말로 눈 녹듯이 녹아내릴 것이다.

하나 걱정은 않는다.

지구가 망하지 않는 한, 절대 그럴 일은 없을 테니까.

최소 증거금만 맞춰 놓고 남은 돈은 한화로 환전했다.

'그럼 이 돈으로 뭘 해 볼까?'

증거금을 넣고도 돈은 많이 남는다.

가만히 생각에 잠기는 인호.

과연 아내가 이 돈을 보면 뭐라고 할까?

'생각해 보니까 투자에 성공해 본 적이 없어서 잘 모르겠네.'

슬픈 얘기이지만, 인호는 투자에 성공해 본 적이 없었다.

단 한 번이라도 성공해 봤다면 아내가 어떤 성향인지 알 수 있었을 텐데, 지금은 그녀가 어떻게 반응할지도 미지수다.

그렇다면 확인할 수 있는 방법은 단 하나.

반응을 직접 확인해 보면 된다.

그는 한화 3천만 원을 환전해서 생활비 계좌로 송금했다.

잠시 후, 집으로 돌아온 인호.

"남편이! 어서 와!"

"눈눈이, 고생 많았어!"

"헤헷! 내가 고생은 무슨! 배고프지? 밥 먹자!"

옷을 갈아입고 샤워를 마친 뒤.

인호는 방금 전 365자동화 코너에서 정리한 통장을 보여 주었다.

"짜잔!"

"어? 3천만 원?"

"투자원금 가져온 거야."

"그럼 우리가 투자한 돈은?"

"그건 말이지….."

"응!"

"그건 말이지!"

"으으응!"

아내는 마치 고양이처럼 말똥말똥한 눈으로 인호를 바라본다.

인호는 조금 더 장난쳐 볼까 했지만, 아내의 귀여움을 참지 못하고 PDA를 꺼냈다.

"짜잔!"

"어머, 이게 뭐야?!"

"오늘 우리 7억을 벌었어! 여기에 제지회사 주식은 따로!"

"우와, 남편이! 대단해! 어떻게 이걸?!"

"이게 다 우리 마눌님이 나를 믿어 주신 덕분 아니겠어?"

"우와, 남편이 최고!"

아내의 반응이 상당히 긍정적이다.

하나 그렇다고 지나치게 흥분한다거나 들뜬 분위기도 아니었다.

'오…, 대단히 이성적인 성향인가 본데?'

이런 사람을 찾아보기란 쉽지 않다.

보통 사람이 한 번에 수억 원을 손에 쥐게 되면, 극도로 흥분하거나 약간의 패닉에 빠지게 된다.

그러나 아내는 달랐다.

'그릇이 달라, 그릇이!'

'…어쩌면 이쪽이 야수의 심장을 가진 사람인지도 모르겠는데?'

아내가 담과 통이 크다는 건 애초에 알고 있었다.

하나 설마하니 이 정도로 강심장일 줄은 꿈에도 몰랐다.

"뭐 갖고 싶은 거 있으면 말해 봐. 가방? 구두?"

"아니, 저금!"

"…저금?"

"이럴 때 번 돈은 일부 저금하고 일부 재투자하는 거잖아! 원금은 회수하고 나머지는 투자하고! 그게 좋은 거 아니야?"

역시 생각하는 방향부터 남달랐다.

아무리 대학에서 공부를 잘했다곤 해도 이론과 실전은

다른 법이다. 하나 아내는 그 괴리감을 보란 듯이 넘나들고 있지 않은가.

"갖고 싶은 게 아예 없어?"

"응! 나는 남편이랑 같이 이것저것 하는 게 좋아!"

이제야 인호는 깨달았다.

이 각박한 세상, 그저 혼자서만 꾸역꾸역 걸어갈 게 아니라 바로 옆에 있는 동반자와 함께 걸어가는 것이 훨씬 이상적이라는 것을 말이다.

'이런 재능을 가진 아내를 옆에 두고도 무식하게 혼자서만 발광했으니, 망하지 않고 배겨?'

아내는 그릇이 큰 사람이다.

어쩌면 인호가 차곡차곡 벌어다 줄 돈을 누구보다 단단히 지킬 수 있는 사람은 아내뿐일지도 모른다.

"내가 투자를 할게, 설화가 원금이랑 수익 일부를 관리해 줘!"

"그럼… 돈 규모가 너무 커질 텐데!"

"괜찮아! 그냥 회계장부 작성한다고 생각해."

"아! 회계장부! 그런 것이라면 얼마든지 가능하지! 헤헤, 나를 믿어 주는 거야?"

"설화가 나를 믿어 줬는데, 나 역시도 마찬가지여야 하는 거 아니야?"

"히힛, 남편이 최고!"

부부는 미래를 함께 그려 나가야 한다.

이 세상 모든 짐을 혼자서 짊어지면 과거의 인호처럼 될 뿐이다.

'그래, 바로 이런 그림이지!'

함께 미래를 그리니 부부 사이가 뭔가 더 돈독해진 느낌이다.

이 순간 인호는 생각한다.

이렇게 돈독해진 부부 사이. 만약 인호가 수십억을 믿음으로 똘똘 뭉친 아내에게 가져다준다면 그걸 얼마로 불릴 수 있을까?

'…색다른 재미가 있겠는데?'

이제 곧 쇼타임이다.

그때가 되면 아내의 또 다른 재능을 발견하게 될지도 모른다.

이른 아침.

출근길 지하철에 올라탄 인호.

"채권이라니요…?"

"우리 매형이 벤처기업 대표로 있거든요! 이번에 대기업 투자를 받았다고 하기에 채권을 매입할 수 있냐고 물어봤었죠!"

임 대리는 인호에게 하루에 한 번씩 투자교습을 받고 있다.

습득력이 얼마나 좋은지, 임 대리는 자기에게 맞는 투자 방식을 찾아 벌써 연구 중에 있었다.

"기업명이 어떻게 되는데요?"

"MHN이요!"

"…인터넷 포털사이트 만드는 회사 말이에요?"

"오! 인호 씨도 MHN에 대해서 좀 알아요?"

토종 검색엔진 1위, 아시아 포털사이트 및 SNS의 최강자.

바로 MHN이다.

지금이야 시가총액이 몇억 원 되지 않은 작은 회사이지만, 조만간 크게 상한가를 쳐서 제대로 된 토종 포털의 저력을 보여 줄 것이다.

'확실히 보는 눈이 있어!'

지금 MHN의 채권을 사 두면, 최소 10년 안에 임 대리는 알부자 소리를 들으면서 살 수도 있다.

이게 불과 한 달 남짓한 교육의 결과라고 한다면, 임 대리는 그야말로 천재적인 감각을 가진 사람이라 할 것이다.

"그래서, 얼마나 투자했는데요?"

"3천만 원 정도 투자했어요. 주당 1,000원씩 해서 나중에 주식으로 전환할 수 있다고 하더라고요!"

"전환사채…. 아니, 아직 상장하기 전이니까, 이를테면 옵션형 채권이라고 볼 수 있겠네요."

"네, 그러니까요!

MHN의 최고주가는 주당 470,000만 원이다.

이 채권을 앞으로 20년만 쥐고 있으면 최소 100억 이상은 손에 떨어진다는 뜻이다.

"그 3,000만 원 말입니다. 앞으로 잊고 살 수 있어요?"

"네, 그럼요! 지금부터 푹 묵혀 뒀다가 퇴직할 때쯤 팔아서 노후자금으로 쓰면 어떨까 싶은데 말이에요."

주식을 장투할 생각이면 아예 잊고 살라는 말이 있다.

다른 사람은 몰라도 임 대리는 정말로 3,000만 원이 없는 것처럼 살 수 있는 인물이다.

"그럼 그 돈, 계속 묵혀 두세요. 그리고 더 이상 올라갈 기미가 보이지 않을 때, 그때 팔아 버리시면 될 거예요."

"음…! 그때가 언제인데요?"

"사방팔방에서 투자에 미쳐서 날뛸 때가 있을 겁니다. 그때 팔아서 쓰세요."

과연 임 대리는 인호의 말을 제대로 알아들었을까?

만약 그렇지 않다고 해도 어쩔 수 없다.

인호가 할 수 있는 딱 일은 여기까지이니까.

"아 참, 그나저나 그건 어떻게 됐어요? 우리가 건자재 총괄 유통을 맡기로 했다던데."

"문제없이 착착 진행되고 있죠!"

"오…! 그럼 올해 우리 회사 매출은 사상 최대치를 찍겠는데요?"

"암요! 그래야죠!"

지금 아성철강 임직원들의 최대 관심사는 다름 아닌 건자재 유통이었다.

과연 인호가 어떤 방식으로 유통을 마무리할지 기대감이 점점 커지고 있던 참이었다.

"제지유통회사에서 지금 난리라던데, 우린 괜찮은 거죠?"

"그거요? 이제 곧 해결될 겁니다."

"과장님, 본청에서 제지유통회사 13곳에 대한 압수수색을 허가했답니다!"

"…흠."

펄프 가격이 폭락하기 직전.

아성철강에서는 교묘한 방법으로 건설현장 내장재를 싸게 구입할 수 있는 비책을 마련해 무차입으로 계약을 성사시켰다.

그 덕에 청천시를 비롯한 경기도의 수많은 건설현장에 외상으로 건자재가 들어가게 되었고, 제지유통회사들은 지금 손가락만 빨고 있는 상태였다.

"정말 타이밍 좋습니다! 제지유통회사들이 손가락을 빨다 못해 돌발행동을 할 줄 어떻게 알고 압수수색을 신청하

신 겁니까?"

"감이 좋은 정보원이 있거든."

"이야, 이건 뭐! 감이 보통 좋은 게 아니라 거의 도사 수준 아닙니까?"

"아무튼 간에 압수수색이 시작되면 주요 인물들은 도망치려 전력을 다할 거야. 그때를 놓쳐선 안 돼."

"넵!"

공정위원회에 체포 권한은 없다. 그러나 압수수색을 통해 얻을 수 있는 정보를 바탕으로 검찰을 움직일 수 있는 고소권이 있다.

공정위 서울사무소에서 파견된 조사관이 경기북부지검과 손잡고 청천시를 비롯한 경기도 제지유통회사들을 급습할 것이다.

'그나저나 정말 대단한 사람이네. 어쩌면 이것까지 예상하고 움직일 수가 있는 거지?'

마치 정해진 시나리오에 따라 사건을 진행시키는 영화감독처럼, 인호는 그야말로 신들린 듯한 모습을 보여 주었다.

이건 그냥 능력만 좋은 게 아니라 모든 걸 다 아는 듯한 통찰력을 가졌다고밖에 표현할 길이 없었다.

"과장님, 우리 쪽 조사관이랑 검찰 측이 접선했답니다. 이제 출발할 것이라는데요?"

"그래? 그럼 우리도 출발하자고."

결연한 마음을 안고 현장으로 출발하는 그녀.

바로 그때.

따르르릉!

핸드폰이 울렸다.

"네, 서울사무소 윤설희 과장입니다."

-…나야.

"여보? 갑자기 이 시간엔 어쩐 일이야?"

-지금 경기도로 압수수색 나가는 길이지?

순간 설희의 표정이 딱딱하게 굳어 버린다.

"…그걸 당신이 어떻게 알아?"

-그건 나중에 설명할 거고…. 아무튼 간에 나는 이번 일과 상관없다는 것만 알아줘.

"뭐…?"

대체 이게 무슨 말인지 모르겠다.

대관절 무슨 일이기에 자신은 이번 일과 상관없다며 전화까지 건 것일까?

설희가 승합차에 올라타려는데 부하직원이 그녀를 부른다.

"과장님! 금감원에서 공동수사를 요청해 왔습니다. 청천은행을 턴다는데요?"

"…청천은행?"

"제지유통 카르텔이랑 짜고 부실대출을 해 준 정황이 발견되었다는군요."

지방은행 중에선 가장 영향력 있는 청천은행. 거기에서 대출을 관리하는 사람이 바로 남편이다.

그제야 설희는 깨달았다.

'…이 인간이 설마 불법대출에 연루된 거야?!'

난감한 일이었다. 공직자의 배우자가 불법에 연루된다면 본청 복귀는 고사하고 옷을 벗어야 할지도 모른다.

설희는 난감한 상황에 놓이게 되고 말았다.

출근길에 잠시 거래처에 들러 건자재 조달에 대해 설명했다.

"이번 달 말이면 얼마 안 남았네요?"

"네, 그런 셈이죠!"

"이야! 이건 뭐, 인호 씨가 알아서 다 해 주니 우리로선 거저먹기나 다름이 없네요!"

"제가 한 게 뭐 있나요? 이게 다 더불어 살아가는 세상 속에서 생겨난 믿음 덕분 아니겠습니까?"

돈독한 관계를 맺는 방법은 그리 어렵지 않다.

돈으로 생겨난 믿음, 그것을 잘 지켜 나가기만 하면 되는 것이다.

거래처를 몇 군데 방문한 뒤.

인호는 점심시간 직전에 회사로 출근했다.

"자, 박수!"
"축하해!"
"…어? 무슨 일 있습니까?"
사무실에 들어서자마자 사람들이 박수를 쳐 댄다.
오 과장은 웃으며 인호에게 사원증과 명함을 건네준다.

[아성철강 영업팀 해외수출입 담당 최인호 대리]

"대리…?"
"축하해! 최단기간 승진이야!"
"제가 승진이라니요? 아직 승진심사 기간도 아닌데."
"아, 이거? 특진이야. 사장님 권한으로 승진을 추진한다기에 내가 추천장을 써 줬어."
"아…!"
이건 계획에 없던 것인데, 벼락승진이라니 기분이 묘하다.
적당히 회사를 다니다가 때려치울 생각이었는데, 어쩐지 영웅이 된 것 같아 얼떨떨하기도 했다.
"…아무튼, 감사합니다."
"감사하긴! 내가 더 감사하지! 덕분에 내가 로비 전담 말뚝으로 가게 되었잖아! 으흐흐!"
"아, 아하하!"

"아무튼, 이번 달 철근 수출 매출이랑 이것저것 해서 자네가 실적 1등이야. 이야, 정말로 실적 1등을 찍었네? 축하해!"

오 과장은 인호에게 '1월 최고의 사원'이라는 타이틀의 목걸이를 선물로 준다.

"축하해! 뭐 막내라면 그럴 자격 충분하지!"

"암, 그럼!"

이제는 영업과 말고도 회사 전체가 인호를 인정하는 분위기다.

전생의 인호도 이 시기쯤 제일 잘 나갔지만, 이 정도로 인정을 받지는 못했었다.

'기분이… 약간 이상한데?'

마냥 기쁘기보단 머리가 좀 복잡해지는 기분이다.

어쨌거나 벼락승진을 했으니 기분이 아주 나쁘지는 않았다.

"앞으로 수출입은 최인호 대리가 전담할 테니까 다들 그렇게 알고 있으라고."

"하긴! 생각해 보면 종합상사에서 온 사람을 일반영업직에 두는 건 비효율적이긴 하죠!"

이제 인호의 업무는 보다 더 늘어날 것이다.

하나 상관없었다.

'종합상사에서 했던 업무에 비하면 껌이지, 뭐!'

이것은 인호가 바라던 바였다.

국내영업보다 해외영업에 더 집중하면서 투자의 기반을 다질 수 있는 길이 열렸으니 이보다 더 좋은 포지션도 없다.

여기저기에서 쏟아지는 인사를 받으며 짧은 벼락승진 축하행렬은 끝나는 듯했다.

"빅뉴스입니다!"

재무팀의 이유나 대리가 헐레벌떡 뛰어들어 왔다.

사무실에 아무도 없으니 축하행렬이 있을 이곳으로 달려온 모양이었다.

"무슨 일인데 그래?"

"…러시아에서 일본과 광물 수출 협약을 재구상하기 시작했답니다!"

"그럼 뭐 어떻게 되는 거야? 팔라듐 가격도 정상으로 돌아오는 거야? 구리나 니켈은?!"

"아직 거기까진 모르겠고요. 아마 일주일 내로 결과가 나올 것 같다는데요?"

러일 광물 메이저들의 접선이 이뤄진 지 한 달이 지났다.

이젠 슬슬 그 결과가 나올 때가 된 것이다.

'후후, 일주일이면 천지가 개벽하고도 남을 시간이지!'

일본과 러시아의 접선 소식을 접한 윤황석.

'…설마하니 정말로 팔라듐 가격이 폭락하게 될 줄이야.'

자신의 눈앞에서 벌어진 이 엄청난 일을 무려 한 달 전에 예견한 사위.

그제야 사위의 진가가 피부로 체감되는 듯했다.

그는 사위를 집무실로 불러들였다.

"사장님! 찾으셨습니까?"

"일단 좀 앉지."

"그럼 그럴까요?"

오늘도 역시 호탕하고 능글맞은 사위다.

가끔은 저 친구의 머리에 대체 뭐가 들은 것인지 궁금할 때가 있다.

"대리로 승진한 소감이 어떤가?"

"승진이라는 게 원래 밀어내기라는 유구한 전통에 의해서 이뤄지는 바, 짬밥대로 되었다고 생각됩니다만."

"특진이라고 말했잖나."

"아, 그렇군요!"

"기쁘지 않나? 보통은 이럴 때 열심히 하겠다느니, 최선을 다하겠다느니 하는 말들을 하던데 말이야."

"여기서 더 어떻게 잘하라는 말씀이신지…."

사위는 승진에는 별 관심이 없어 보인다.

'능력을 인정받고 싶어 한 것 아니었나?'

사람은 누구나 인정받고 싶어 하는 욕구가 있다. 그래서 사위에게도 그런 욕구가 있을 것이라 당연히 생각했던 것이다.

한데 지금의 태도를 보면 그게 아니라는 걸 어렴풋이 알 수 있었다.

그렇다면 이 친구가 추구하는 건 명예가 아니라 실리 같은 것일까?

"…뭐, 아무튼 간에 자네의 예상이 맞았어. 이제부터는 최대한 빠르게 선적을 진행하는 것이 관건이겠지?"

사위는 고개를 가로젓는다.

"에이, 조금 더 재미 봐야죠!"

"팔라듐 가격이 더 하락할 것이란 말인가?"

"폭락은 시작에 불과합니다."

"그에 대한 근거는?"

어깨를 으쓱거리는 사위.

당연하다는 듯 그런 걸 왜 묻느냐는 표정이다.

"원래 팔라듐이 얼마였는지 한번 생각해 보십쇼."

"……!"

그렇다. 팔라듐은 원래 그렇게까지 비싼 귀금속은 아니었다.

니켈광산에서 부산물로 함께 토출되는 팔라듐이야말로 귀금속 중에는 아웃사이더 그 자체였다.

'생각해 보니 정말 그렇군.'

팔라듐이 만약 품귀를 이루지 않았더라도 이렇게까지 가

격이 올라갔을까?

투기라는 명목 없이 과연 이 정도 가치를 만들어 낼 수 있었을까?

두 가지의 질문에 모두 NO라는 답이 떠오른다.

"자네가 생각하는 선적 타이밍에 팔라듐을 배에 싣는다면, 납기일은 충분히 맞출 수 있겠나?"

"제 계산으론 최소 보름 정도는 남을 것으로 보입니다."

"보름…."

보름이면 천지개벽이 일어나지 않는 이상, 납품을 하고도 남을 시간이다.

완벽하다. 빈틈없는 기획이다.

한마디로 '대단하다'라고 말하기에 부족함이 없었다.

"4월쯤에 화진CC에서 골프모임이 있어. 자네도 데리고 갈까 해."

"저를요?"

"왜, 싫은가?"

"아니요, 뭐 그렇지는 않은데."

사람은 잘만 키우면 브랜드가 된다.

어쩌면 최인호라는 브랜드를 아성철강의 심벌로 쓸 수도 있지 않을까?

"내가 제대로 교습 한번 해 줄 테니 준비하고 있어."

"오! 설마하니 헬스에서 당한 걸 갚아 주겠다는 생각은 아니시겠죠?"

"…내가 자네랑 똑같은 인간인 줄 알아?"

"하하! 그렇죠? 장인어른이 그런 치졸한 짓을 할 리가 없죠!"

마음속 한편에 담아 놓았던 아주 작은 생각을 캐치해 낸 사위.

저 뺀질거리는 놈을 도저히 당해 낼 재간이 없다.

'하여간 귀신이네, 귀신.'

건자재 카르텔이 일망타진되었다.

"열세 개 회사를 압수수색했고, 담합의 증거를 잡아냈습니다. 이대로 공정거래법 위반으로 검찰에 넘기겠습니다."

"그래, 수고 많았어."

소장 박충민이 설희의 어깨를 두드려 준다.

하나 그걸로 끝.

"그만 나가 봐."

"……."

"왜? 더 할 말이라도 있어?"

보통 이 정도 성과를 올렸으면 본청 복귀에 대한 얘기가 나올 만도 하건만, 박 소장은 아직도 요지부동이었다.

'그때 서울사무소로 함부로 내려가는 게 아니었는데.'

무소불위 권력을 휘두르는 공정위라곤 하지만 좌천 인사

가 없는 건 절대 아니었다.

한때 본청에서 카르텔 조사관으로 이름을 날렸던 그녀였지만, 한번 좌천 인사를 겪었으니 좀처럼 복귀하기가 힘들어진다.

"혹시 승진이라든지 본청 영전 때문이라면 마음 접어. 내가 자네 남편을 이번 건수에서 빼내느라 얼마나 진땀 흘렸는 줄 알아?"

"…예?"

"자네도 잘 알 거 아니야. 남편이 대놓고 불법대출을 여기저기 퍼 주고 다녔다는 거. 나 참, 낯짝도 두껍지. 저러고 어떻게 장인 이름까지 팔아먹어 가면서 태연하게 범죄를 저지르고 다녔는지, 내가 다 얼굴이 화끈거리더군."

남편의 처리에 대해 그녀가 머뭇거리는 사이 상관은 알아서 조치를 취해 버렸다.

이렇게 되면 두 번 다시 그녀에게 영전의 기회는 돌아오지 않을 것이다.

"적당히 짬 좀 채우다가 지방으로 내려가서 조용히 살아. 연금 나올 연차까지만 버티면 또 알아? 대기업에서 데리고 갈지."

"…면목 없습니다."

"전관예우라는 게 있잖아. 그러니 너무 실망하지 말고 알아서 처신이나 잘해 둬. 선배로서 해 주는 마지막 충고야."

애당초 박 소장은 그녀가 일을 벌이기 전에 한 번쯤 다시 생각할 기회를 주기도 했었다.

그걸 발로 걷어차 버린 사람은 다름 아닌 설희 본인이었다.

"그나저나 자네 제부라는 사람 말이야. 대단하던데? 철근 카르텔에 제지 카르텔까지, 이건 뭐 혼자서 사무소 하나 몫을 해내고 있으니, 내가 아주 본청만 올라가면 면목이 안 선다니까?"

"……."

"앞으로 그 사람이랑 잘 지내 봐. 혹시 아나? 왕거니 하나 물어다 자네 앞에 떡하니 놔둘지."

비틀어졌던 막내와의 관계를 다잡아 준 것도 고맙지만, 이번 사건을 통해 남편의 실체에 대해 알게 해 준 것은 더더욱 고맙다.

이제 문제는 남편과의 관계였다.

'…어떻게 해야 하나?'

참으로 인면수심인 인간을 과연 어떤 방식으로 처리하면 좋을까 싶다.

하나 상부의 생각은 달랐다.

"남편 간수 잘해. 괜히 이혼한다고 여기저기 설치고 다니지 말고."

"…네?"

"내가 애써 다 막아 놨는데 자네가 이혼이라도 해 봐. 주변 사람들 다 알게 되는 건 시간문제라고. 알겠어?"

"감사합니다…."

"아무튼, 은행은 계속 다니라고 그래. 자리 뜨는 순간, 그대로 감옥에 들어갈 수도 있으니 명심하고."

결국엔 계속 데리고 살아야 한다는 건데, 이미 오만 정이 다 떨어져서 어떻게 같이 살까 싶다.

그런 그녀의 마음을 안다는 듯, 박 소장이 쓰게 웃으며 말한다.

"원래 다 그러고 살아! 특별히 더 잘못한 거 없으면 그냥 두루뭉술 넘어가."

"…네."

일은 잘 풀렸지만, 가정사는 그야말로 최악을 향해 치닫고 있었다.

"승진?! 어머, 남편이 짱이다!"

"그냥 뭐, 운이 좋았던 거지!"

아내에게 승진 소식을 전해 줬더니 뛸 듯이 기뻐한다.

아마도 남편을 불신했던 아버지에게 한 방 먹여 줬다는 생각이 든 모양이었다.

"그럼 오늘은 승진 파티야?!"

"그러자! 뭐 먹고 싶은 거 있어?"

"난 족발!"
"아직 이른 저녁이니까 시장에 가서 이것저것 좀 살까?"
"좋아, 좋아! 서아야, 시장 가자!"
"헤헤! 꺄하아아!"
서아는 뭘 해도 다 좋아한다.
아내가 어려서 저렇게 매일 웃고 다녔다는데, 서아는 한 술 더 떠서 넘어져도 잘 울지 않는다.
저 무던한 성격이 앞으로 서아를 어떤 사람으로 키워 낼지 머릿속에 그려진다.
'이번 생엔 서아가 하고 싶다는 거 다 해 줘야지!'
육아에 참여하는 빈도를 최대한 늘리고 딸과 시간을 가능한 많이 보내려 노력하고 있다.
아기띠를 착용하고 시장으로 가는 길.
하늘에서 함박눈이 내리기 시작한다.
"우와, 눈이다!"
"꺄하아!"
"서아야, 이게 눈이라는 거야! 눈!"
"누우!"
"그래, 눈!"
내리는 눈을 향해 이리저리 고개를 돌리는 서아의 얼굴에는 신기함과 놀라움이 섞여 있다.
인호는 금세 조금씩 쌓인 눈을 이리저리 모아서 손가락

만 한 눈사람을 만들었다.

"서아야, 이것 봐! 눈사람이다!"

"와, 진짜네?"

인호는 서아에게 맞는 크기의 앙증맞은 눈사람을 만들었다.

서아는 신기한 모양인지 박수를 치며 좋아한다.

"꺄하아아아!"

"안녕! 나는 스노우맨이야! 방금 아빠의 손에서 태어났지! 핸드메이드 인간이야!"

"쿡쿡쿡! 핸드메이드 인간은 또 뭐야?"

"으하하! 나는 핸드메이드 인간이다아아!"

틈만 나면 목소리를 변조해서 인형극을 하는 인호.

아이는 그런 아빠의 장난을 참으로 좋아한다.

"아바바바바!"

"으하하! 나는 스노우맨! 서아의 친구지! 서아야, 나 좀 쓰다듬어 줘!"

박수를 치다가 눈사람을 손으로 만진 서아.

눈을 휘둥그레 뜨며 놀란다.

"아마마마!"

"차갑지? 이게 차갑다는 거야!"

"꺄아아아!"

이 느낌이 싫지 않은 모양이다.

딸은 눈을 잡고 까르륵 웃어 댄다.

"아빠!"

"…어?"

"헤헤, 아빠빠!"

순간 심장을 뭔가 묵직한 것이 쿵 치는 느낌이다.

지금까지 느끼지 못했던 대단한 감동이랄까.

"아빠라고 처음 말한 거 아니야?!"

"…그러게."

"오빠가 아빠 됐네? 쿡쿡쿡! 축하해!"

생각해 보면 전생에 인호는 아빠 노릇을 제대로 해 본 적이 별로 없었다.

그저 매번 딸을 혼낼 줄만 알았지 따뜻하게 보듬어 주는 게 뭔지 신경을 쓸 겨를조차 없이 살았었다.

어쩌면 아내와 장인의 사이를 다시 회복시켜 주고 싶은 것도 장인에게서 자신의 모습이 보였기 때문인지도 모른다.

"다음 주에 시간이 좀 남는데. 장인어른이랑 약속을 잡아 볼까?"

"다음 주? 음…, 일단 언니한테 연락해 볼게."

"처형이랑 연락하고 지내?"

"우리 남편이랑 잘 지내는데… 굳이 더이상 미워할 필요가 있나 싶어서."

처형이 자신을 보자마자 아내에게 했던 말이 아직도 생생하게 기억난다.

'너… 남자에 미쳤구나? 기어이 저 남자를 여기까지 데려와?'

그 이후에 쏟아 낸 독설로 인해 아내는 정말로 미친 척 가문을 등졌다.

그 한마디가 앞으로 내 남편이 정말로 모진 세월을 살아갈 것 같다는 본능적인 직감이 든 것이었다.

그녀는 남편과 아이를 지키기 위해 결단을 내렸고, 인호는 그런 아내를 따라 길을 정했었다.

"생각해 보면 설화는 참 멋진 여자야."

"…엥? 갑자기 그게 무슨 소리야?"

"그렇잖아. 나야 돈만 벌었지, 사실상 가장은 설화였고. 지금도 강인한 여성으로서 아주 멋지게 잘 살아가고 있잖아."

"아이, 참! 갑자기 왜 그래? 쑥스럽게! 둘째 갖고 싶어서 그래?"

"아니, 뭐 항상 하던 생각을 말로 표현해 본 거야."

"히힛, 정말? 평소에 그런 생각을 하고 살았어?"

지금까지 살면서 아내에게 단 한 번이라도 마음에 있는 솔직한 얘기를 해 본 적이 있었던가?

생각해 보면 인생 끝자락에서 주마등처럼 스칠 때 가장

재발견 253

후회됐던 한 가지가 바로 이것이었는지도 모른다.

손을 꼭 잡은 두 사람. 그런 두 사람 사이에 있는 서아.

그야말로 완벽한 그림이다.

'그땐 이게 가장 소중하다는 걸 왜 몰랐을까?'

가장으로서의 책임감? 그것도 중요하지만, 가장 중요한 건 가족이다. 가족 없이 가장의 책임감은 아무것도 아니다.

인호는 인생을 두 번째 살면서 그걸 여실히 느끼고 있다.

따르르르릉!

"압빠빠빠!

"어이쿠, 전화가 왔네? 여보세요?"

전화를 받아 보니 장인이었다.

-험험! 최 서방! 바쁜가?

"아니요, 바쁘진 않은데. 무슨 일이세요?"

-그… 서아는 잘 지내나 해서.

깜빡 잊고 있었는데, 장인은 늘 외로운 사람이다.

"다음 주에 시간 어떠세요? 큰 처형한테 연락해 보고 상의해서 가족모임 날짜 좀 정하려고 하는데."

-…정말?! 나야 좋지! 하하, 정말 고마워!

고독에 익숙한 사람은 있어도, 고독이 좋은 사람은 없다.

"아빠! 뱃살 좀 뺐어?!"

-그럼! 3kg이나 뺐는데! 누가 아주 나를 못살게 굴어서 말이야.

"흐흐, 기대해 볼게요!"

아내도 이젠 아버지에게 조금씩이나마 마음의 문을 열고 있었다.

'시간이 약이 아니라 노력이 약인 거구나!'

그렇다. 무작정 시간이 지나기만을 기다리는 건 약이 아니다.

인호는 생각한다.

장인의 고독함도 시간이 해결해 줄 수는 없을 것이라고 말이다.

'관리는 들어갔으니까… 이제 제대로 된 인연만 찾으면 되는 건가!'

슬슬 '새 장모'를 찾을 시간이 다가오고 있다.

첫 가족 상봉.

"꺄하아아!"

"…아이구, 그래쩌영?! 귀여운 것!"

혀가 반은 말린 갈은 친정아버지의 재롱잔치(?)를 보는 아내의 표정이 참으로 묘했다.

당최 적응이 안 되는 저 행동과 말투에서 어쩐지 모를 괴리감과 약간의 뭉클함이 동시에 느껴진다.

'저렇게 손녀를 좋아하시는데 보지를 못했으니, 사람이 비뚤어질 만도 하지.'

대체 지금까지 어떻게 참았나 싶을 정도로 손녀를 사랑하는 장인을 보고 있자니 인호도 이번 자리를 만들길 잘했다 싶었다.

물론 처형도 만만치는 않았다.

"서아는 이모 닮았찌이! 그치이!"

"…뭔 말도 안 되는 소리야? 나를 닮았지."

"아버지 같은 독화살개구리랑 서아랑 닮았다니요. 말이 좀 심하시네요."

"개, 개구리…?"

"쉿! 큰소리 내면 아기 놀래요!"

이 집안의 종특은 아이를 정말 좋아한다는 것이다.

대체 저렇게 아기를 좋아하는데 처형은 슬하에 자식도 없이 어떻게 사나 싶을 정도였다.

식당을 통째로 빌린 장인은 서아가 실컷 웃고 떠들도록 갖은 노하우를 다 방출했다.

"아우웅, 까꾸웅!"

"꺄하아아!"

"헤헤, 할아버지 요기 있넹!"

당연하게도 처형 역시 지지 않는다.

"곰 세 마리가 한집에 있어! 엄마 곰, 이모 곰, 서아 곰! 크아아앙!"

"아바바바! 암맘마!"

"엄마 곰은 날씬해! 이모 곰은?"

"이모!"

"어머! 이것 봐! 이모래!"

할아버지라는 말은 너무 어렵기에 아직 서아가 따라 하는 데 무리가 있었다.

그걸 알고 있지만, 장인의 얼굴에는 금세 먹구름이 낀다.

하나 장인은 미련을 버리지 않는다.

"…서아야, 하부지! 하부지!"

"하바바?"

"아, 그래! 하부지!"

"하부지이이!"

"으하하하! 귀여운 것!"

할아버지 한마디에 온 세상 시름을 다 잊어버리는 장인.

이번엔 처형도 한 수 접어 준다.

"산토끼, 토끼야~ 어얼쑤!"

"어쑤우!"

"그렇지!"

육아에 정신이 팔려 버린 장인 앞에 음식을 서빙하던 주인장은 너털웃음을 흘린다.

무려 30년 단골에게서 못 보던 모습을 보니 신기한 것이다.

"안 그렇게 생겨선 아양을 잘 떠시네!"

"험험…! 뭐, 사람이 자기 자손 앞에선 다 그런 거지. 박 사장은 다를 것 같아?"

"주변에 그 반만 좀 해 보시지. 그랬으면 돈 많은 과부들이 줄을 섰을 텐데!"

"…됐어. 과부는 무슨."

"으아아앙!"

"아하하! 그래, 할아버지 요기 있네에엥!"

손녀를 대할 때와 다른 사람을 대할 때가 너무 다른 나머지 마치 아수라 백작을 보는 것 같았다.

인호는 저 모습을 돈 많은 과부들이 보면 딱 좋겠다 싶었다.

'홀아비 마음은 과부가 제일 잘 안다고, 어디 좋은 아주머니가 없나…?'

생각에 잠긴 인호.

그런 그에게 처형은 술을 한 잔 따라 준다.

"그… 우리 남편 얘기는 들었어요."

"아, 그거요? 별로 신경 안 씁니다! 괘념치 마세요."

"…안에서 새는 바가지 밖에서도 샌다고. 참, 구제불능 짓거리를 하고 다니네요."

"언젠가는 괜찮아지겠죠!"

"아무튼, 그래서 오늘 떼어 놓고 왔어요. 최 서방을 죽어도 봐야겠다면서 떼를 쓰는데, 그게 어찌나 꼴뵈기가 싫던지!"

이제 큰동서가 살아남을 수 있는 길은 인호의 발목을 잡는 것뿐이다.

그걸 처형도 잘 알기에 최대한 둘이 얼굴 마주할 시간을 만들지 않으려는 것이다.

'나와 처형의 관계도 이젠 많이 진전되었네.'

이제 둘째 처형만 어찌하면 될 텐데, 그것도 시간과 노력을 들이면 불가능하지는 않을 터이다.

인호와 처형이 진지한 얘기를 나누고 있는데, 그 사이를 서아가 비집고 들어온다.

"압빠빠빠!"

"그래, 우리 딸! 맘마 먹을까?"

아내는 서아를 얼른 다시 데리고 간다.

이런 자리에선 비즈니스 얘기가 나올지도 모르기 때문이다.

"서아도 밥 먹어야지. 이리 온. 이모랑 아빠랑 진지한 얘기할 건가 봐!"

"아니야! 서아야, 놀자~"

더이상 진지한 얘기는 할 필요 없기에 처형은 당장 서아에게 집중하기 시작한다.

인호는 그런 처형에게 미리 준비한 쪽지를 아무도 모르게 전했다.

[흑막?]

쪽지에 적힌 서두를 슬그머니 확인한 처형은 잠깐 표정이 굳었지만, 금세 다시 미소를 짓는다.

"우리 예쁜 조카!"

"엄맘마마!"

"들었어?! 엄마래! 이야, 우리 조카 천재네!"

"그럼 애가 엄마한테 엄마라고 그러지, 아빠라고 그럴까?"

"호호호! 천재야, 천재!"

처형의 눈에는 이미 서아밖에 안 보이는 모양이다.

'그러고 보면 아이를 대할 때의 모습이 서로 닮았네.'

피는 못 속인다고, 자매간에 닮은 모습이 얼핏 보이기도 한다.

장인도 말은 안 하지만, 그 모습에 흐뭇한 미소를 짓기도 했다.

"그나저나 재혼은 안 하세요?"

아내가 장인에게 물었다.

당연하다는 듯 고개를 가로젓는 장인.

"재혼은 무슨. 이 나이에 재혼하면 사람들이 추하다 그래."

장인은 생각보다 고지식한 사람이다.

재혼 자체를 낯 뜨겁다고 생각하는 전형적인 옛날 어른이었다.

'저런 사람이 바뀔 정도의 외로움이라니. 정말….'

대체 얼마나 사무쳤으면 저랬을까.

"추하긴 뭘 추해요. 한 살이라도 젊을 때 새 장가 들어요."

"…됐다. 장가는 무슨."

"그나마 더 늙고 볼품 없어지면 주변에서 관심도 안 줘. 그러니까 늦기 전에 잘 찾아봐요."

"거참, 됐다니까 그러네."

나이가 들면 부모 자식의 역할이 반전된다고들 한다.

아내의 잔소리를 듣는 장인의 모습을 보며 인호는 쓴웃음을 흘린다.

'내가 원하던 그림이 바로 이거였는데 말이야.'

잔소리도 애정이 있으니 하는 것이다. 그나마 가족 간에 정이 남아 있으니 이런 얘기도 나오는 것이 아니겠는가.

말은 안 했어도 아내와 장인 모두 가족이 그리웠던 것인지도 몰랐다.

"서울에서 지내긴 괜찮냐?"

"그럼요, 서울이 얼마나 살기 편한데."

"그래도 기왕이면 조금 더 넓은 집에서 사는 게 낫지 않아?"

"됐거든요? 우리 집이 얼마나 편하고 좋은데!"

"그럼 그 집, 사 줄까?"

"됐어요. 우리 힘으로도 집은 얼마든지 살 수 있으니까."

"…알지, 최 서방 능력 좋은 거. 그냥 말이 그렇다는 거야."

이젠 장인도 안다.

설마하니 시세등락을 딱딱 맞추는 사람이 개인투자 하나 하지 않았을까?

하지만 그래도 아버지로서 딸에게 뭐라도 하나 해 주고 싶은 게 부모의 마음인 것이다.

아내도 그런 마음을 잘 알고 있을 테지만, 받을 생각은 전혀 없는 모양이다.

"그나저나 작은언니는 요즘 좀 어때요?"

"그냥 그렇지 뭐. 사위가 드문드문 연락할까."

이 집안의 작은사위는 몇 번인가 장인에게 러브콜을 받았지만 고사하고 있었다.

자기만의 커리어를 쌓는다고 했던 것 같은데, 아마 뭔가 뒤에서 꿍꿍이를 꾸미고 있을 게 분명했다.

"요즘엔 전화도 잘 안 와."

"하지 말라 그래요."

"…딸이랑 연락도 하지 말라는 얘기냐?"

"나 참, 그럼 언니랑만 연락해요. 그럼 되겠네."

"그게 말처럼 잘 안 된다."

둘째 딸과 연락이 닿지 않는다는 말에 많이 아쉬워하는 장인의 얼굴.

그제야 인호는 지금껏 본인의 마음속에 품고 있던 한 가지 의문점이 풀리는 느낌이 들었다.

'…설마 딸들이 보고 싶어서 사위들을 회사에 들어오라고 그렇게 러브콜을 했던 건가?'

짠하기 그지없는 이유였다.

대체 왜 사위들을 회사에 들여 풍비박산을 냈나 싶었는데, 그건 단순한 외로움 때문이었던 것이다.

인호는 다짐한다.

'조만간 완전체를 만든다!'

자식들이랑 자주 왕래만 하더라도 장인의 우울감은 훨씬 덜해질 것이다.

거기에 서아에게서 말랑말랑한 감정을 찾아 나간다면 재혼까지도 생각해 볼 수 있을 만하다.

가족모임을 마치고 집으로 돌아가는 길.

설희는 남편을 불러 운전을 부탁했다.

조수석에 앉은 그녀가 남편에게 채근하듯 묻는다.

"요즘도 정 서방이랑 연락하지?"

"…뭐? 내가? 아니!"

"거짓말하지 마. 다 알고 하는 말이니까. 너희들이 가끔 시내에서 만나 작당모의하는 걸 내가 모를 줄 알았어?"

술을 한 잔 마신 아내를 대신해서 운전대를 잡은 남편에게 설희는 날이 바짝 선 채 채근한다.

공정위에서 일하다 보면 별의별 사람들을 다 만나고, 그런 마당발의 소식통은 남편의 평소 행실에 대한 정보를 물어다 주었다.

"만약 두 사람이 작당해서 우리 가족에게 이상한 짓 하기만 해 봐. 그땐 정말 이판사판이야. 이혼서류는 감옥에서 쓰게 될 줄 알아."

"어?! 이혼이라니! 갑자기 그게 무슨…."

"은행에 엉덩이 붙이고 있는 거, 박 소장님 덕인 줄이나 알고 있어. 안 그랬으면 진즉에 감옥에 들어가고도 남았다고."

"끄응…."

곤란한 표정의 남편.

대체 이런 화상을 언제까지 데리고 살아야 하나 싶다.

그러던 와중에 핸드폰이 울린다.

딩동!

[언니! 오늘 고마웠어. 앞으론 예전처럼 친하게 지내 보자!]

막내에게서 살가운 문자가 왔다.

과거의 기억은 잊고 예전처럼 돌아가자는 것이었다.

"그리고 말이야, 최 서방한테 행여나 개소리 지껄이기만 해 봐. 그때는 너희 둘 다 아주 요절을 내 버릴 테니까."

"…알겠어."

"아성철강으로는 이직할 수 없으니까 은행에서 석고대죄

하면서 지내."

"으, 은행에서?! 지금 창구로 보낸다고 난리인데…."

"창구에서 지내. 창구에서 일하는 사람 무시하는 거야? 거기도 못 들어가서 안달인 사람이 얼마나 많은 줄 알아?"

"아…."

"싫어? 싫으면 당장…."

"아, 아니야! 할게! 당신이 하라는 대로 다 할게!"

지금은 어떻게 해서든 남편을 은행에 묶어 둬야 한다.

'대체 어떤 흑막이 뒤에 도사리고 있는 거지? 혹시 JSK 같은 투자회사인가?'

제부가 건넨 쪽지에는 신원미상의 흑막이 남편, 혹은 둘째 제부와 엮여 있다고 적혀 있었다.

최근 동남아시아에서부터 투기자본을 굴리며 '핫머니의 초신성'이라 불리는 JSK는 어떡해서든 한국계 회사를 인수해서 동북아시아로의 진출할 기회를 노리고 있다.

만약 한국시장을 찔러 본다면 딱 곽윤일 같은 물탱이를 타깃으로 삼지 않을까?

'하지만 뭐, 남편이 그놈들과 엮여 있다는 것이 아주 나쁜 일만은 아니지….'

만약 남편이 어떠한 흑막의 끄나풀이라면, 그들이 어떤 방식으로 재계에 밑그림을 그리고 있는지 알아낼 수 있을 것이다.

이윽고 집에 도착한 그녀.
뒤도 돌아보지 않고 집으로 들어간다.
"차 대 놓고 들어와. 나 먼저 씻고 잘게."
"밖에서 한잔해도 돼?"
"어디서 놀든 당신 마음인데, 뛰어 봤자 부처님 손바닥 안이라는 것만 알아 둬."
"아니야, 그냥 들어갈게…."
일단 지금은 저놈을 잘 잡아 둬야 한다.
'제부가 어떤 정보를 물었는지는 몰라도, 분명 미상의 흑막과 저 인간의 관계에 대해서 자세히 아는 게 분명해. 그렇다면…!'
어쩌면 이 화상 덩어리가 그녀를 본청으로 보내 줄 징검다리가 되어 줄지도 모른다.
"나가서 마시고 들어와."
"…내 마음이 안 편해서 그래."
"놀다 와. 대신 밖에서 이상한 짓거리만 하지 마."
"정말…?"
"마음 바뀌기 전에 얼른 가."
"고, 고마워!"
저놈을 밖으로 보내야 흑막과 접선을 하든 제삼자를 만나든 할 것 아닌가.
'그래, 실컷 놀아. 네 꼬리는 내가 잡아 줄게!'

일본과 러시아의 접선.

그 결과는 바로 러시아의 대대적인 팔라듐 물량공급이었다.

보고를 받은 조유현이 놀라서 되묻는다.

"…온스당 500불?"

"그나마도 그 가격에 산다는 사람이 없어서 난리랍니다."

남아프리카 현지에서 팔라듐의 매입 스케줄을 조율하고 있던 조유현은 그저 놀라움에 입을 다물지 못할 지경이었다.

순식간에 두 배 이하로 떨어진 팔라듐 가격은 그나마도 하락세를 조절하지 못해 매일 수십 달러씩 떨어져 내리는 중이었다.

이대로 갔다간 온스당 400달러의 바닥이 깨질지도 모른다.

러일 교섭이 만들어 낸 파장이 시장을 강타한 것이다.

"이제 곧 세 배 하락 확정이로군."

"선배님, 이제 우리도 활동 시작해야 하는 거 아닙니까?"

"팔라듐을 매입하자고?"

"가격이 내려갔으니 수요 역시 올라가지 않겠습니까?"

그동안 자동차 제조사들이 마음 놓고 매입하지 못하던

팔라듐의 가격이 내려갔으니 본격적인 수요가 시작될 것이라는 예측이 나온 것이다.

하나 조유현은 고개를 가로젓는다.

"아니야, 오히려 그 반대가 될지도 몰라."

"어째서 그렇게 생각하십니까?"

"1월 초에 꺾인 뉴욕증시가 좀처럼 회복이 안 돼. 그 이후로 소비는 계속 줄고 있고. 이런 추세라면 최소 2001년 한 해는 그 어떤 것도 수요가 폭발하지는 않는다는 뜻이지."

후배 오퍼는 한숨을 푹 내쉰다.

"아니, 대체 그럼 우린 이제 뭘 먹고 살아야 합니까?"

"…그러게."

걱정에 걱정이 꼬리를 문다.

그러던 중 뜻밖의 소식이 들려왔다.

"아! 선배님, 이것 좀 보십쇼! 골드인 그룹에서 팔라듐을 엄청나게 매각하기 시작했답니다!"

"…뭐?"

"생산량을 30% 이상 증량해서 아예 물량공세를 퍼붓겠다는데요?"

세계 2위 생산업체인 골드인 그룹이 이렇게 나오면 팔라듐 시장은 그야말로 나락으로 떨어질 것이다.

"헉! 벌써 온스당 30달러 이상 떨어졌습니다!"

"…아?!"

"이대로라면… 일주일 안에 200달러까지도 떨어지겠는데요?"

이제 곧 아성철강이 남아프리카에서 팔라듐을 싣고 한국으로 떠날 것이다.

만약 그때 200달러로 계약이 성사된다면, 아성철강은 온스당 1,200달러라는 엄청난 이득을 보게 되는 셈이라고 인호는 자신감 있게 말했었다.

'잠깐. 그렇다면 이거 혹시…?'

팔라듐의 최대 낙폭으로 인해 시장은 그야말로 공황상태였다.

시장이 공황으로 향하면 마구잡이식 매각, '패닉셀링'이 시작된다.

[…팔라듐 매물 포화, 자동차 업체 빙그레…]
[웃느냐, 우느냐, 그것이 문제로다! 마구 던지는 팔라듐 매물…]

'캬…! 상쾌하구나!'

아침을 아주 좋은 소식으로 출발하니 발걸음이 아주 날아갈 것처럼 가볍다.

시장에서 팔라듐을 던지면 던질수록 인호는 이익을 얻는다.

현재 팔라듐 가격은 온스당 200달러.

이 기세가 계속된다면 인호는 수십억 자산가가 될 수도 있다.

'인생사 새옹지마라더니, 회귀해서 대박을 치네?! 으흐흐!'

정말이지 딱 죽고 싶었을 때 뒤집힌 인생이 이렇게까지 술술 잘 풀릴 줄이야.

인생이 딱 요즘만 같으면 무슨 일이 닥쳐도 웃으면서 넘길 수 있을 것 같다.

지하철에서 내려 회사로 향하는 인호.

이제부터는 회사의 선물거래에 집중할 차례다.

[선물옵션계약]
[행사가격 : 1,400파운드(GB/P)]

장인에게서 인가를 받아 영국 금시장에서 옵션을 거래했었다.

이제 이것을 청산하고 그 수익으로 바닥까지 떨어진 팔라듐 매입 권한을 사들이면 된다.

인호는 당장 이선증권으로 전화를 건다.

-이선증권입니다.

"아성철강 최인호입니다! 저희 측에서 매입했던 옵션 해지하고 선물계약 하나 매입하려 합니다."

-현재 풋옵션 수익금 51,688,000,000원입니다. 환전 전 금액은 39,760,000파운드입니다.

한화 516억의 수익이 났다.

그러나 이 돈은 불로소득임과 동시에 원자재 매입비용이다.

"그걸로 선물계약 하나 맺을게요. 팔라듐 1톤만 계약하고 싶습니다만."

-팔라듐 계약은 100트로이온스 단위로 거래됩니다. 만기는 3월이고 현물 인수입니다.

"지금 가격이 얼마죠?"

-계약당 25,000파운드에 책정되어 있습니다.

"선물계약 가격이 올라갔네요?"

-중간에서 누가 선물을 쓸어 가는 것 같은데요?

아니나 다를까, 누군가 선물가격을 올리려 무작위로 옵션을 매입하고 다니는 모양이었다.

떨어지는 팔라듐 가격을 조금이라도 끌어올리려 발버둥치는 것이다.

하나 그래도 이득이니 괜찮다.

"계약할게요. 총 8,750,000파운드가 되겠네요?"

-네, 그렇습니다. 한화로 따지면 11,375,000,000원이네요.

팔라듐 매입금액을 제외하고 남은 수익금이 40,313,000,000원이다. 여기에서 선적비용과 기타 세금을 다 떼더라도 족히 300억 이상은 남을 것이다.

'성과급 10억은 너무 짜치기였네. 한 30억쯤 시원하게 쏘면 다들 좋아하겠는데?'

3월이면 선물가격에 약간의 변동이 있을 수 있다.

그래도 상관없다.

이미 수익은 얻을 만큼 다 얻었으니까.

-주문 완료되었습니다. 성공투자 되시기 바랍니다.

"네, 고맙습니다!"

-아 참, 최 대리님께 연락 오면 이 부장님께서 전화 연결해 달라고 메모 남겨 놓으셨는데. 바로 전화 돌려 드릴까요?

"네, 그래 주시면 감사하죠!"

아마 이대한 부장도 소식을 들었을 것이다.

그에 대한 주가조정이 있을 예정일 테니 바로 전화를 돌려 본다.

-좋은 아침이야! 최인호 솔개.

"선배님 안녕하십니까!"

-이야, 이거 뭐, 말로만 듣던 한강의 기적을 직접 보게

될 줄은 몰랐네?

"하하! 무슨 좋은 일 있으십니까?"

-좋은 일? 대박 친 사람이 오리발 내미니까 좀 서운한데?

이대한 부장의 목소리에 어쩐지 힘이 넘치는 것 같다.

담당회사의 주가가 뛰게 생겼으니 평소보다 분위기가 밝은 것이었다.

-기업가치 산정을 이쯤에서 마무리할까 싶어. 결괏값은 팩스로 보내 줄 테니까 자네가 직접 사장님께 전달해 드려.

"네, 감사합니다!"

아마 기업가치는 예상보다 훨씬 더 많이 올라갔을 것이다.

'이 정도면 대만까지 쭉쭉 치고 나가는 데 전혀 손색없겠는데?'

홈런을 제대로 쳤으니 이제는 달리기만 하면 된다.

팩스를 가지러 사무실에 들어갔다.

인호가 보는 앞에서 크게 놀라는 모습을 보이는 오 과장.

"…진짜 이게 대체 무슨 일이야?"

"과장님! 외근 안 나가고 여기 계셨네요?"

"막내! 이게 대체 무슨 말이야? 우리가 불로소득으로 500억을 넘게 챙겨?!"

"아, 그거요? 별거 아닙니다!"

매일 사무업무를 봐주는 오 과장이 팩스를 받은 모양이

었다.

그의 얼굴은 그야말로 놀라움으로 상기되어 있었다.

"이봐, 우리 막내가 글쎄!"

"과, 과장님?"

오 과장은 그 길로 사무실을 뛰쳐나가 온 회사를 다 돌아다니면서 소문을 내기 시작한다.

"우리 막내가 옵션으로 500억을 넘게 벌었다네!"

"뭐…?! 진짜?!"

"이번 성과급은 진짜 엄청나게 나오겠는데?!"

"최인호 대리는 신이었던 건가!"

여기저기서 인호를 찬양하는 소리가 들려온다.

인호는 어느 순간부터는 오 과장을 따라가서 말리지 않았다.

'뭐, 저것도 성과급 때문에 일부러 하는 쇼맨십일 테니 굳이 말릴 이유는 없겠지.'

이미 성과급은 책정되었으나, 예상보다 수익이 훨씬 더 많이 나왔으므로 사장은 전 직원에게 추가로 보너스를 줘야 한다.

물론 그게 의무는 아니나, 애당초 인호와 한 약속이 있지 않던가.

마치 모자란 동네 형처럼 이리저리 뛰어다니는 오 과장을 뒤로한 채, 장인은 인호를 직접 찾아왔다.

"잠깐 얘기 좀 할까?"

인호는 오늘 이대한 부장에게서 받은 결과를 장인에게 통보했다.
"주가상승 35.9%라…."
"이 정도면 뭐, 주주총회에서도 별말 못 하겠네요. 그렇지 않습니까?"
시가총액이 하락할 뻔했던 가치평가에서 아성철강은 자산합계 총액 311억 원 상승에 가오샨 건설 수출 건까지 잡아 35.9%가 성장했다고 평가되었다.
장인은 아주 만족스러운 표정을 짓는다.
"솔직히 인정 안 할 수가 없군."
"제가 뭐랬습니까! 된다고 했잖습니까."
"아무튼, 영업팀은 구사일생했네. 좋겠어? 직장을 보전할 수 있어서."
"당연한 일인데요, 뭘!"
말 그대로 홈런을 한 방 제대로 쳤으니 장인도 이번엔 인호를 인정 안 할 수가 없을 것이다.
그는 인호에게 봉투를 건넨다.
"받아."
"이게 뭡니까?"
"자네 성과급. 어디에 쓰든 자유야."

봉투는 얇은데 성과급이라고 해서 고개를 갸웃거리게 된다. 받아서 열어 봤더니….

[일금 10,000,000원]

천만 원짜리 수표가 세 장 들어 있었다.

"…어?"

"뒷면에 주민등록번호만 적으면 끝이야."

봉투는 얇지만, 액수는 아주 두툼했다.

설마하니 이걸 수표 일시급으로 쏠 줄은 몰랐기에 인호는 약간 당황한다.

"입금처리도 아니고, 이걸 왜 굳이 수표로 주십니까?"

"자네도 남자 아닌가."

세상천지 비상금을 챙겨 주는 장인이 어디 있단 말인가.

마음 씀씀이는 정말 눈물이 나도록 감사하지만, 인호는 비상금을 챙길 이유가 없는 사람이다.

"아내에게 선물로 줘야겠습니다!"

"…그걸 선물로 준다고?"

"잊으셨나 본데, 저는 사장님 사위입니다만."

"뭔가 착각하고 있는 것 같은데, 허튼짓하라고 준 돈은 아니네만?"

저 세대의 어른들은 '남자가 비즈니스를 하다 보면 그럴 수도 있지'라는 생각을 갖고 있다.

하나 인호는 그 어른들의 생각과는 약간 다른 마인드를

갖고 있다.

"주색잡기라는 게 말입니다. 언젠가 한 번쯤은 사람의 발목을 잡을 수도 있더라고요!"

"그래서 비즈니스는 오 과장에게 맡겨 놓는 건가?"

"솔직히 말씀드리자면 그런 겁니다."

피식 웃는 장인.

고개를 천천히 주억거리며 말한다.

"맞는 말이로군. 주색잡기만큼 사람을 한심하게 만드는 것도 없지."

"아무튼 금일봉 감사합니다! 아내가 좋아하겠네요."

사위의 반응이 제법 마음에 든다는 듯, 장인은 미소를 지우지 않는다.

분위기도 괜찮겠다, 인호는 이 타이밍에 자기가 원하는 걸 하나 얻어 내기로 했다.

"있잖습니까! 제가 장인어른께 부탁이 하나 있는데 말이죠."

"부탁?"

"제가 불로소득도 얻어다 드렸는데, 소원 하나만 들어 주십쇼!"

"흠."

명분을 중요하게 생각하는 장인이기에 인호가 부탁이라는 말 앞에 실적을 갖다 붙이니 할 말이 없었다.

"한번 얘기해 봐. 뭔데?"

"대만에서 열리는 동남아시아 건설 입찰에 우리도 참가할 수 있도록 해 주십시오!"

"…대만?"

"태국에서 열연강판, 철근. 하여간 철로 만든 건자재는 죄다 쓸어 간다는 얘기가 있습니다. 메콩강을 본격 개발한다고요!"

대만을 건자재 전초기지로 삼은 태국은 인도차이나반도 전체에 대한 개발행위를 진행하기 위해 공고를 낸 상황이었다.

중국 남부에서 시작해 타이만 바로 앞까지 흐르는 메콩강이야말로 인도차이나반도의 젖줄이나 마찬가지였기에, 이를 개발하겠다는 해당 국가들의 의지는 상당히 강력했다.

"지금 한국에서도 건설회사들이 다수 대만으로 향하는 것으로 압니다. 만약 우리가 대만으로 진출해서 해외로 나아갈 교두보를 마련하게 된다면, 차후 베트남에까지 깃발을 꽂을 수 있지 않을까 싶은데 말입니다!"

"자네 설마 옵션으로 300억이나 벌어 둔 게 이번 입찰에 대비한 것이었나…?"

회심의 미소를 짓는 인호.

"해외 진출 건이 아니었다면 굳이 옵션이라는 모험을 할 이유도 없었겠죠!"

제11장
동남아시아로

장인은 인호의 건의사항을 듣곤 실소를 흘렸다.
"동남아시아라…."
"허락해 주십쇼!"
사장으로서 해외 진출을 장려하는 건 당연한 일이다.
해외 수출입 담당으로서 인호가 계약을 따내겠다는데 말릴 이유는 없었다.
"국내 입찰이랑 해외 입찰이랑 같이 진행하겠다는 거야?"
"넵!"
"좋아, 그럼 한번 해봐."
"오! 역시 화끈하시네요!"
"단, 무리해서 일을 그르치는 순간, 바로 아웃이야."

인호는 장인에게 거수경례를 붙인다.

척!

"물론입니다!"

"…오버하긴. 나가 봐."

"넵! 충성!"

기업가에겐 야망이라는 게 있다.

만약 야망이 없었다면 애초에 회사를 세울 일도 없었다.

'그래, 야망을 건드려 줘야지. 그래야 장인어른도 오래 살 거 아니야!'

가벼운 마음으로 대표이사 집무실을 나서는 인호.

인사를 하고 돌아서려는데 김 비서가 인호를 붙잡는다.

"사위께서는 돌아가기 전에 저 좀 보시죠."

"네! 그러시죠!"

오랜만에 김 비서가 인호를 찾는다.

무슨 일인가 싶어 그녀를 따라나섰다.

탕비실에서 탄 커피를 한 손에 쥔 채 마주한 두 사람.

그녀는 인호에게 뜻밖의 얘기를 해 준다.

"아파트공사 러브콜이 들어왔습니다."

"아파트 시공이면, 건자재 납품 말입니까?"

"네, 대현차 그룹에서 도심재정비사업에 건축자재를 직접 납품하기로 했답니다."

"오! 그런 사업에 우리를? 덕분에 목숨 구했다, 뭐 그런 걸까요?"

김 비서가 인호의 말에 슬그머니 미소를 짓는다.

"그런 것이겠죠."

"이야, 천하의 대현차 그룹이 덕분에 살았다는 제스처라니! 가슴이 벅차오르네요!"

그녀는 인호에게 '기업건전성평가'라는 제목의 보고서를 건네준다.

공정거래위원회에서 편찬한 것이고, 원자재 수급 및 제품생산 등에 얼마나 신뢰도가 높은지 조사한 것이었다.

"신뢰도 평가…. 아하! 미추홀제철이 1등을 했군요!"

"작년보다 두 계단 상승했습니다. 비록 1톤에 불과한 물량입니다만, 이로써 이번 분기 원자재 조달 평가에서 좋은 성적을 얻은 거죠."

뜻밖의 희소식이었다.

그러나 인생은 일희일비다.

"다만 문제가 하나 있다면 철근 카르텔이 소송을 준비 중이라는 것이겠죠."

"소송…? 어느 쪽 카르텔 말입니까?"

"인천, 경기 서부지역으로 예상됩니다."

카르텔이 하나라고 생각하면 오산이다.

담합을 위해 모인 협회의 숫자는 한두 개가 아니었다.

"대체 어떤 부분에서 문제가 된다는 거랍니까?"

"미추홀제철과 우리의 계약이 위법이라는 겁니다."

"허! 그게 어떻게 위법입니까?"

"팔라듐의 거래방식은 금감원에서 정한 방식과는 괴리가 있다. 국가에서는 사기업 간의 투기를 불법으로 엄히 금하고 있는데, 이건 사실상 도박이나 다를 바 없다… 라는 게 저들의 주장입니다."

정말이지 말도 안 되는 주장이었다.

인호는 옵션을 통해 팔라듐을 구매했고, 그것은 전 세계 어디에서든 무역을 하는 국가라면 흔히 사용되는 헷지 기법이다.

"PF(프로젝트 파이낸싱) 금융사 쪽에서 이 정도면 반려해야 하는 거 아니냐고 찾아가서 거의 반쯤 시위를 하고 아주 난리도 아니랍니다."

"…아! 설마 당진제철소?!"

"맞습니다."

IMF금융위기에서 공중분해된 당진제철소의 지주회사가 경매로 제철소를 내놓았고, 대현차 그룹은 이것을 인수하려 준비 중이다.

한데 바로 이 타이밍에 철근 카르텔이 치고 들어온 것이다.

'이때쯤 대기업 하청이 끊어지고 일감이 갑자기 줄어들기 시작했었지. 아, 그래! 대현에서 아성철강을 버린 이유

가 바로 여기에 있었던 거야!'

이후 아성철강은 국내 공사에 직접 자재를 납품하면서 역량을 키워 나가기 시작했는데, 이때 대기업에 손절 당하면서 나락을 맛보게 된다.

카르텔을 하나 해치웠다고 안심했는데, 결국 경기지역의 카르텔보다는 인천 쪽 카르텔이 문제였던 셈이다.

'젠장, 헛다리를 짚었네?'

저런 비열한 놈들이 다 있나 싶었다.

하나 그렇다고 인호가 이대로 당할 사람은 아니다.

'흠! 이참에 처형을 공정위 본청으로 영전시켜 드려…?'

카르텔은 언제 어디에서나 거미줄처럼 연결되어 있다.

그게 만약 아파트 시공과 관련된 것이라면 꼬리를 잡기가 더 쉬울 것이다.

"안 그래도 잘되었네요! 우리도 대만으로 진출하려던 참인데, 이 기회에 인천 쪽 카르텔까지 깔끔하게 정리하고 넘어가자고요!"

"뭔가 뾰족한 수가 있으신 모양이죠?"

"네, 그럼요!"

뭐가 어떻게 되든 간에 인호에겐 다 방법이 있다.

퇴근길에 PDA를 확인해 보는 인호.

오늘은 인호가 미리 옵션을 청산하기로 한 날이다.

'자, 뚜껑을 열어 봅시다!'

[풋옵션 청산]
[주문완료]
[정산금 : 5,755,000달러(US/D)]
[상태 : 세금 및 추가계산 전]

'70억!'

이미 결과를 다 알고 있었음에도 불구하고 억 소리가 절로 튀어나온다.

온몸에서 전율이 인다.

사람이 너무 놀라면 기절하는 수도 있다던데, 지금이 딱 그 직전이었다.

'와, 70억?! 대체 믿을 수가 없네!'

한화로 약 7,481,500,000원.

아무리 세금 떼고 뭐 한다고 해도 70억은 손에 떨어진다는 뜻이다.

거의 맨손으로 만들어 낸 신화라고 해도 과언이 아니었다.

'…인생이 완전히 바뀌었구나!'

돈에 급급했던 인생은 이제 없다.

앞으로 그의 인생이 어떻게 더 달라질지 가슴마저 두근

거린다.

이 돈으로 뭘 하면 좋을까.

'고민할 거 뭐 있나? 마누라한테 가져다줘야지!'

아내에게 돈을 가져다준다는 건 재투자를 의미하는 일이다.

당장 집으로 향하는 인호.

"눈눈아!"

"서방! 어서 왕!"

"이것 좀 봐!"

아내에게 이번 투자에 대한 성과를 보여 주었다.

PDA에 나온 화면을 자랑스럽게 내밀자 아내는 웃으며 인호의 어깨를 다독인다.

"음, 잘했어!"

"반응이 그게 끝?"

"570만 원이면 잘한 거지!"

"아, 이게 말이야…. 자, 이러면 되겠네!"

지금 가진 정산금을 원화로 환산해서 보여 주었다.

그러자….

"일, 십, 백, 천…. 70억?! 엥?! 이게 지금 맞는 거야?!"

"응! 70억이야!"

"자, 잠깐만! 남편이, 나 좀 어지러워…."

너무 흥분한 나머지 아내는 머리가 핑 도는 모양이었다.

인호는 웃으며 아내를 부축한다.

"하하, 그렇게 좋아?"

"…충격적이라서 그래! 남편이, 정말 대단해! 70억이라니, 이게 말이 되는 소리야?!"

풋옵션은 이래서 도박이라는 것이다.

만약 온스당 1,000달러가 내려간 게 아니라 올라갔다면, 마이너스 70억이 인호의 손에 쥐어졌다는 뜻이니까.

'미래를 알면 이게 좋은 거야. 실패가 없잖아!'

인호는 어깨를 딱 펴고 앉아서 아내에게 웃으며 말한다.

"여보! 갖고 싶은 거 있으면 말해! 뭐든 사 줄게!"

"나?! 응, 어…, 갖고 싶은 거 있어!"

"뭔데! 말만 해!"

"아들!"

"…아들? 아니, 그건 내 마음대로 안 되는 거니까, 다른 거."

"다른 거?! 음…! 어…!"

아내는 마치 어린아이처럼 방방 뛰며 기뻐한다.

그 모습이 귀여워 한참을 바라보는 인호.

그러다가 아내가 한마디 한다.

"…갖고 싶은 건 없는데."

"없다고? 가방이라든지 뭐, 그런 거 사고 싶지 않아?"

"헤헤, 그런 거 있으면 뭐해? 먹지도 못하는 거!"

"아…?!"

물욕이라곤 아예 찾아볼 수조차 없는 그녀.

인호와 결혼하고 나서 제법 생활고를 겪은 적도 있었는데, 그런 생활에서 생긴 결핍조차 없는 모양이었다.

"나중에 둘째 생기면 아파트나 조금 더 큰 데로 옮기자!"

"그게 끝?"

"음? 그럼 뭐가 더 필요한가? 헤헷, 난 그런 거 잘 몰라서!"

어쩌면 인호는 전생에 나라를 구한 사람인지도 모른다.

'이순신 장군님 옆에서 화살 쏘던 병사 21번 정도 되지 않았을까?!'

그는 생각한다.

아내와 함께한다면, 어쩌면 보다 대단한 삶을 살아가게 될지도 모르겠다고 말이다.

"우리 있잖아. 이걸로 부동산에 투자해 볼까?"

"부동산? 좋지!"

"강남에 빌딩 좀 매입해서 가지고 있다가 오르면 팔고, 뭐 그러면 좋지 않겠어?"

"음, 하지만 강남에 빌딩이면 이 돈으론 좀 모자랄 텐데?"

슬그머니 웃는 인호.

"시작은 뭐 소소하게 할 수도 있잖아?"

"하긴! 처음부터 한강 옆에 63빌딩 올리는 사람은 없지!"

인호는 수익금에서 5,000,000달러를 제외한 나머지 돈을 한화로 환전했다.

[잔액 : 884,000,000원]

세금과 수수료 등, 뗄 거 떼고 남은 돈이 8억8천만 원 상당이었다.

이제 이것은 아내의 투자 시드머니가 될 것이다.

"부동산을 사는 건 사는 거고…. 명의는 누구 명의로 하는 게 유리해?"

"지금은 남편이 명의로 하는 게 훨씬 나을 거야. 오늘부터 회계법인 파트타임으로 일하기로 했거든! 수습 끝나면 회사 하나 설립할 테니까, 그때까지만 일반세금 내면서 투자하면 되는 거지!"

공인회계사이기도 하지만, 여기저기 장부 아르바이트를 해 주면서 실전 지식도 꽤 많이 쌓인 아내는 그야말로 툭 치면 세법 지식이 척척 나올 정도였다.

이제 부동산은 아내에게 일임하기로 했다.

"그럼 설화가 부동산 투자를 맡아서 해 주겠어?"

"내가…?"

"실전 감각을 키워서 나중에 보다 큰 투자를 도모하는 거지. 어때?"

아내는 인호의 제안에 잠시 고민했지만 이내 고개를 끄덕인다.

그녀의 사업가 기질이 고개를 든 것이다.

"응! 남편이가 벌어 온 돈, 내가 최선을 다해 불려 볼게! 아자, 아자!"

제삼자가 본다면 이 상큼 발랄한 귀염둥이가 대체 무슨 일을 해낼 수 있을까 싶기도 하겠지만, 아내의 업무능력은 이 동네 사업가들이 두루 다 알 정도로 뛰어났다.

특히나 이해타산이 상당히 빨라서 사업에는 타고났다는 얘기를 들을 정도였다.

'이거 재미있겠어!'

지금은 부동산 침체기다.

하나 시류만 잘 탄다면 부동산으로 꽤나 큰 수익을 기대할 수도 있다. 또한, 이 시기라면 아내는 차곡차곡 경험치를 쌓을 수도 있을 것이다.

과연 몇 년 후에 아내는 어떤 모습일지, 인호는 그것에 기대를 걸어 본다.

"500억…."
"시드머니가 적어서 그렇지, 잘못했으면 완전히 거덜 날

뻔했습니다."

이선증권이 아성철강의 카운터 파트너로 중개해 준 영국계 투자회사 UCBF(United Credit Banker FHC)는 이번 거래로 적지 않은 손해를 보았다.

선물옵션은 권리를 사고파는 당사자 A와 B가 반드시 필요한데, 이 둘은 한쪽이 무조건 손해를 보게 되어 있다.

그런 카운터 파트너 관계에서 돈을 잃은 쪽은 굉장히 속이 쓰린 법이다.

하나 팔라듐 옵션을 거래했던 프로젝트팀장 알렉산더 로워스버그는 오히려 그 반대였다.

"아성철강이라는 회사에 대해서 좀 알아볼 수 있나?"

"대한민국 중소기업입니다만, 이제 곧 규모로는 중견기업 반열에 오를 것으로 보이는…."

"카운터 파트너에 대한 정보는 이미 있잖나. 그 안에 있는 소프트웨어, 사람에 대해 알아볼 수 있냔 말이야."

"이번 옵션 건의 담당자 말입니까?"

"그래."

"안 그래도 아성철강이 이번에 메콩강 프로젝트에 입찰한다고 대만으로 온답니다."

"…정보력 빠른데?"

"대현차 그룹에서 아예 대놓고 동반 입찰자 명단에 아성철강을 올려놓았기에 모를 수가 없었습니다."

"그렇다면 수출입담당자도 같이 오겠군?"

"분명 그럴 겁니다. 그런데 그 사람은 왜…."

알렉산더 로워스버그는 뭘 그런 당연한 걸 묻냐는 듯이 답한다.

"캐시카우를 그냥 지나치는 뱅커도 있어?"

"아…!"

"괜찮은 떡밥 하나 준비해 놔. 우리 사람으로 만들어 봐야겠으니까."

이제 70억 자산가가 되었지만, 여전히 출근은 한다.

지하철에 몸을 싣고 PDA에 시선을 쏟는 인호.

[시장 : 뉴욕증시]

[US내셔널 에너지 유니온]

[현재 주가 : 150달러(US/D)]

[전일 대비 : 1.91%▲]

인호의 눈은 뉴욕으로 향해 있었다.

'오, 좋은데?!'

텍사스 가스 분천, 미 남부 해상유전 등을 소유한 거대 기업집단이며 항만시설과 채굴 인프라를 조성하는 테크놀로지 집단이기도 한 US내셔널 에너지 유니온.

최근 'US내셔널'의 주가가 심상치 않았다.

폭락하는 뉴욕증시 속에서도 US내셔널은 살아남았다는 얘기나 나돌 정도였다.

그러나 이것은 월스트리트의 졸부들이 꾸며 낸 '작전주'에 불과했다.

'무려 뉴욕에서 작전이라니. 쇼킹 그 자체지, 뭐!'

세계최대 금융거래시장인 뉴욕에서 작전주가 성행한다는 건 쉽게 납득하기 어려운 얘기인지도 모른다. 하나 이 세상 그 어떤 시장도 작전주 없는 곳은 없다.

다만 그 모습과 방식이 각자 다 다를 뿐인 것이다.

인호는 US내셔널이라는 작전주에 올라타 실컷 재미를 볼 생각이다.

[매수주문]

[US내셔널 에너지 유니온]

[현재 주가 : 150달러(US/D)]

[주문 수량 : 33,000주]

주식시장에서는 계란을 한 바구니에 담지 말라는 격언이 있다.

리스크 분산, 이른바 헷지 전략을 위한 것이다.

하나 그 리스크는 미래의 불확실성에서 기인한 것이니, 인호는 분산투자가 오히려 불리하다 여겼다.

'싸나이는 자고로 몰빵이지!'

이제 인간사의 흐름에 따라 SU내셔널의 주가가 출렁일 것이다.

인호는 그에 따라서 수익을 조절하고 하락장에 잘 베팅하기만 하면 된다.

'음…, 투자는 이 정도면 됐고.'

이제 장인에게서 받을 걸 받기만 하면 된다.

"공실이 얼마나 된다고요?"

"아…, 열네 개 실 중에서 한 개가 공실이네요!"

"공실이면 혹시 주인세대 말인가요?"

"아, 맞네요! 주인세대만 공실이고 나머지는 만실입니다!"

포대기에 아이를 업고 대학가 원룸촌을 돌아다니고 있는 설화.

서아는 포대기에서 얼굴을 빼꼼 내밀어서 화려한 네온사인을 돌아보며 미소를 짓는다.

"꺄하아아!"

"어때? 서아야, 여기 좋지!"

"헤헤, 아아아아!"

"그래! 엄마 생각에도. 그래!"

상권분석을 해 보니 이곳이 딱이라는 생각이 든다.

'이 정도면 뭐, 강남 안 부럽지!'

8억으로 매입할 수 있는 건물 중에는 원룸촌과 소형 상가가 제격이라는 생각이 들었고, 실제로 매물을 둘러보았다.

대학에서 가깝고 지하철역이 바로 앞이라 역세권이었다.

8억을 분산투자한다고 치면, 최소 네 개 정도는 투자가 가능할 것이라는 계산이 나온다.

"요즘 원룸촌 인기는 어때요?"

"보시면 아시겠지만, 없어서 못 팔죠!"

1월 현재, 기준금리는 최대 저점이고, 전월세의 수요가 사상 최대를 기록하고 있다.

이런 상황에서 원룸은 대학생, 사회초년생에게 인기 만점이었다.

'이 근방이 좋기는 한데… 치안이 좀 걸린단 말이지!'

발품을 팔아 매물을 찾아다니다가 드디어 좋은 동네를 발견했으나 한 가지 문제가 있었다.

대학가 인근 상권이 지나치게 발달하여 치안이 불안할 수도 있다는 점.

"여기도 사설 경호업체가 들어오죠?"

"요즘은 기본으로 들어가지요! 세상이 워낙 흉흉하잖습니까?"

"음."

"그런데 뭐, 이 근방은 이제 그럴 걱정 없을 것 같은데요?"

"어째서요?"

"조만간 요 앞으로 동사무소가 들어설 겁니다. 그렇게

되면 바로 옆에 파출소도 같이 들어설 거고요!"

"아…!"

"솔직히 이 정도 입지면 여대생들도 좋아할 만하다 자부합니다!"

머릿속에 그림을 그려 본다.

상가밀집구역, 대학가, 거기에 원룸촌까지 밀집한 지역이라면 행정절차가 복잡해질 것이다.

'그림이 나오긴 하겠는데?'

이 근방에 원룸촌 네 개만 가지고 있어도 부동산 수익으로 은행 금리를 훨씬 뛰어넘는다.

다만 문제는 지금의 거래방식이었다.

"대출은 어디까지 알아보고 오셨어요?"

"부동산가액 70%까지는 대출이 나온다고 했죠?"

"나오는 게 문제가 아니라 그 정도 받아야 거래가 되는 겁니다."

원룸촌의 전체 거래대금이 3억이라고 치면, 그중에 2억은 대출이고 나머지 1억으로 거래를 하는 것이다.

이것이 지금의 거래방식이고, 그래야 '실투자금 1억으로 원룸촌'이라는 공식이 성립된다.

'어렵네…?'

부동산은 따질 게 참 많다. 그런데 레버리지까지 신경 쓰려니 머리가 아파 온다.

"꺄하하아아!"

"응, 그래! 이제 집에 갈까?"

"헤헤!"

딸은 여전히 밖이 좋은 모양이지만 아무래도 오늘은 날이 아닌 것 같다.

그만 발걸음을 돌리려는데 저 멀리 신축공사현장이 눈에 들어온다.

휘이이잉…!

공사가 중단된 것인지 여기저기 벽에 전단지가 을씨년스럽게 나붙어 있었다.

"꺄으응! 엄마마맘!"

"아이고, 전단지가 알록달록하니까 애기가 좋아하나 보네! 아저씨가 얼른 가서 한 장 가져올게!"

"안 그러셔도 되는데…!"

"잠깐만요!"

공인중개사는 냉큼 달려가서 현장에 있던 전단지 몇 장을 떼어 가져왔다.

예상대로 서아는 알록달록한 종이를 보자 신나서 박수를 친다.

"헤헤헤!"

"어이구, 그래! 이게 신기했어?!"

지긋한 나이의 중개사는 아이를 참 좋아한다.

덕분에 오늘 하루 편하게 주변을 둘러볼 수 있었다.

"그나저나 저긴 뭐 하는 곳이래요?"

"아! 저기요? 경기도에서 사업하시는 양반이 원룸촌 짓겠다고 땅 사서 올리다가 자잿값이 올라서 어음이 막혔답니다. 그래서 완공 40%를 남긴 채 지금 3개월간 방치되어 있죠."

"그럼 사실상 부도네요?"

"이제 곧 경매에 부쳐질 겁니다."

"…경매?"

"저게 지금 시세로 정확히 얼마인지는 잘 모르겠는데, 대략 5억이라고 가정해 보면요. 미완성에 경매까지 생각하면 2억에서 3억 사이에 거래가 되는 겁니다."

"가격이 절반도 안 된다고요?"

"미완성이니까요."

미완의 건축물.

만약 저걸 완성해서 제값에만 팔 수 있다면?

'…나쁘지 않겠는데?'

"자, 이제 약속을 지켜 주시죠!"

"그래, 그렇게 해."

인호는 장인과 설비증설 내기를 했었다.

잉여자금 마련으로 자신의 가치를 충분히 증명했기에 장인은 인호의 의견을 들어 주지 않을 이유가 없었다.

게다가 무려 300억이다.

현찰박치기로 설비를 확충한 뒤에 밀려 있던 물량을 소화한다면, 내년은 올해보다 회사 규모가 두 배 이상은 커질 것이다.

'일단 생산능력은 키워 놓았고…. 이젠 영업능력만 갖추면 되는 건가?'

언제까지 인호 혼자서 영업을 할 수는 없다.

앞으로 안정적인 수주를 받기 위해서는 특단의 조치가 필요하다는 뜻이다.

"설비확충 하시면서 영업사원 좀 더 뽑으시죠!"

"신규채용을 하자고?"

"모집공고 내시고, 능력제 위주로 사람 골라서 뽑으시면 향후 3년 안에는 좋은 소식 있을 겁니다!"

아성철강이 망해 가는 회사로 전락하게 되었던 이유가 바로 여기에 있었다.

2001년을 기점으로 신규채용을 할 때마다 제법 괜찮은 인재들이 쏟아져 들어왔기 때문에 아성철강은 영업부문에서 저력을 발휘하기 시작했던 것이다.

그렇게 나오는 돈을 여기저기서 쪽쪽 빨아 대고 있던 것이었다.

"하긴 영업 쪽이 좀 많이 정체되긴 했지."

이제는 사장 입장에서도 영업사원 숫자를 늘리기에 딱 적합한 시기이긴 했다.

인호가 영업팀의 구조를 바꿔 버린 데다, 거의 대부분의 영업력이 최인호 한 사람에게 집중되어 있었기 때문이다.

지금이라면 오 과장과 두 대리도 아무 말 못 할 게 분명했다.

"김 비서한테 공고를 내라고 할 테니, 오 과장한테는 자네가 잘 얘기해 봐."

"넵! 맡겨만 주십쇼!"

"혹시 더 필요한 게 있나?"

장인의 질문에 인호는 슬그머니 미소를 짓는다.

그리곤 기다렸다는 듯이 원하는 바를 피력하는 인호.

"베트남 쪽에 부동산 좀 사 주십쇼!"

"…뭘 사 달라고?"

"메콩강을 정비하는 사업에 필요한 항만창고를 만들어야 하지 않겠습니까?"

장인은 고개를 갸웃거린다.

"아직 입찰도 채 하기 전인데, 창고부터 짓겠다고? 자네 무슨 알박기를 하려고…."

"빙고!"

"…베트남에 알박기를 하겠다고? 진심인가?"

"네! 물론이죠!"

미래가치가 충분한 땅을 미리 선점하는 일종의 편법.

이것을 사기나 개발보상 유도로 이용하면 알박기 사기, 반대로 이걸 사업적으로 이용하면 부동산 투자가 되는 것이다.

"알박기와 투자는 한 끗 차이 아닙니까!"

"일단 그것도 건자재 조달 입찰을 받아 놓고 해야 하는 거 아닌가?"

"그때는 이미 늦을 텐데요?"

"늦다니?"

"메콩강 개발을 위해선 베트남 남부의 땅이 반드시 필요한데, 만약 입찰이 끝나고 매입을 시작하면 적당한 매물이 남아 있겠습니까?"

"…음."

부동산 시장은 깃발 꽂기 싸움이다.

누가 먼저 땅에 침을 발라 놓느냐에 따라서 모든 것이 결정되는 것이다.

"정확하게는 베트남 남부 호치민 인근의 땅을 영구 임대하는 부동산 계약이 되겠습니다만, 어쨌건 간에 누가 먼저 선점하느냐에 따라 물류비용 자체가 달라질 겁니다."

"그랬다가 우리가 입찰에서 지면?"

"그땐 땅을 팔면 되죠!"

"…오?"

베트남은 공산주의 국가다. 체제변환이 시작되고 있으나 여전히 제도적으로 꽤 답답한 부분이 있다. 그런 부분 때문에 해외의 수많은 대기업들이 들어왔다가 공장을 버리고 도망친 사례가 한둘이 아니었다.

그런 답답한 나라에 땅뙈기 하나 없이 대규모 사업을 벌인다는 건 보통 배짱으론 불가능한 일이다.

"물류연체 보름만 해도 벌써 돈이 얼마입니까? 잘못해서 장기계류라도 되는 날엔 그대로 세금폭탄에 물류비까지 얻어맞을 수도 있죠. 그런 베트남에 자기 땅이 있다면 어떻겠습니까?"

"그러니까 자네 말은, 지금 베트남에서 땅장사를 하자는 건가?"

"우리가 못 먹으면 남에게 비싸게 팔 수도 있다는 걸 말씀드리는 겁니다."

인호의 역설에 장인은 사뭇 진지한 표정이 되어 버렸다.

사위의 의견이 아주 나쁘지 않다는 걸 장인도 잘 알고 있는 것이다.

"하지만 자금이 문제 아닌가?"

"나중에는 몰라도 지금의 베트남 지가는 상당히 저렴합니다. 얼마 전부터 미국계 대기업들이 호치민에서 탈출하는 바람에 유휴 공장 부지라든지 버려진 항만창고가 엄청나게 늘어났거든요!"

"흠…."

"솔직히 말씀드리자면, 지금도 조금 늦었습니다. 눈치 빠른 사람들은 벌써 호치민 남부의 땅을 선점하기 시작했을 겁니다. 그리고 최소한 땅값만 치르고 나면 나머지는 알아서 해결될 것입니다!"

"그러니까 우선 땅부터 점찍어 놓고 나머지는 나중에 생각하자는 얘기 아니야?"

지금 인호의 주장만 듣고 보면 그야말로 내일이 없는 투자처럼 보인다.

그러나 인호는 그렇게 황당무계한 인간이 아니었다.

"우리도 이제 슬슬 PF라는 것을 받아 볼 때가 되지 않았습니까?"

"…프로젝트 파이낸싱?"

"지금까지 우리가 따낸 국내 건설자재 조달 입찰만 해도 몇 개입니까?"

2월인 지금, 인호는 아직도 입찰에 성공해 꾸준히 실적을 쌓고 있었다.

그가 이렇게 발에 땀이 나도록 뛰어다닌 데에는 다 이유가 있었던 것이다.

"투자금을 한 600억만 받아도 아주 뻑적지근하게 항만을 꾸밀 수 있을 겁니다!"

"아니, 뭐, 좋다 이거야. 하지만 아직 우리는 중소기업인데, 대체 누가 PF를 주선한다는 거지?"

회심의 미소를 짓는 인호.

"학연 좋다는 게 뭡니까!"

"베트남…?"

"지금 부지매입 중이고, 대만으로 날아가서 계약만 따내면 끝입니다!"

인호가 찾아간 곳은 다름 아닌 이선증권.

이대한 부장은 인호의 PF 제안에 큰 고민에 빠져들고 말았다.

"요즘 청천은행이 금감원 조사를 받느라 이 동네에선 프로젝트 파이낸싱 받기가 쉽지 않아. 외국이라면 몰라도."

"대만계 은행이라면 어떨까요?"

"…대만? 음."

"요즘 대만 쪽 반도체 파워가 한창 주가가 좋잖습니까! 그러니 외화 회전율도 상당히 높을 거 같은데 말이죠!"

모르는 사람이 들으면 갑자기 무슨 대만이 나오냐고 할 수도 있겠지만, 대만은 97년도 아시아 외환위기에서 가장 적게 타격 입은 국가 중 하나로 손꼽힌다.

게다가 최근 5년 동안 대만도 IT 버블의 덕을 톡톡히 보았다.

"반도체 공장을 짓고 거기서 메인보드며 MPU를 마구 찍어 낼 때, 과연 그 돈을 어디서 끌어왔을까요?"

"하긴 그건 그렇지. 하지만 대만 쪽에서 대체 우리의 뭘 믿고 PF를 내어 준단 말이야?"

프로젝트 파이낸싱은 투자에 가까운 금융기법이지만, 엄연히 말해 투자라기보다는 융자에 가깝다. 때문에 신용도가 낮으면 애초에 접선조차 하지 못하는 게 외국계 프로젝트 파이낸싱이다.

여기에 대한 인호의 전략은 이미 준비되어 있었다.

"대현차 그룹이요!"

"…어디?"

"대한민국 재계 2위! 대현차 그룹 말입니다!"

"아…! 그래, 그러고 보니 미추홀제철이랑 같이 대만으로 가기로 했었지?"

단순히 인도차이나반도로 진출하고자 대만으로 가겠다는 얘기가 아니었다. 인호는 프로젝트 파이낸싱을 따내 호치민에 알박기를 하겠다는 큰 그림을 그리고 있던 것이었다.

"…대단한 밑그림이로군."

"선배님께서 중개를 서 주신다면 다음 본부장 영전에는 반드시 선배님의 이름이 명단에 올라가게 될 겁니다!"

이 세상에는 가끔씩 도저히 거부할 수 없는 제안 같은 것을 받곤 한다.

바로 지금 이대한처럼 말이다.

"그렇다면… 우선은 공장의 시설확충부터 해야 할 거야."

"안 그래도 지금 신형설비로 교체 중입니다! 저번에 망한 제철회사 두 개 기억하시죠? 거기에서 저렴한 가격으로 설비를 받으려 접선하고 있습니다."

"…빠른데?"

이미 설비를 사려고 오 과장을 보내 놓았다.

아마 며칠 후면 술에 절어서 승전보를 가지고 돌아올 것이다.

"이제 곧 공채로 영업사원도 확충합니다! 이 정도면 심사받는 데 부족함이 없을 것 같다는 생각이 듭니다만!"

"빨라, 진짜 빨라!"

인호가 순발력이 정말 좋은 것 같지만, 사실 이 모든 것은 큰 그림의 작은 조각들일 뿐이다. 프로젝트 파이낸싱을 시도하겠다는 것도 대만에서 있을 입찰 건에 조금 더 유리한 고지를 점하기 위한 일이었다.

그러니까 인호는 서로 시너지 작용을 할 수 있도록 철저하게 계산하고 움직이고 있었다는 뜻이다.

"아무튼! 선배님께서 중개해 주시는 겁니다?"

"오케이! 학연 좋다는 게 뭐야!"

이선증권은 아시아 지역 투자금융 중에서도 꽤나 상위권에 있는 회사이다.

만약 이선증권이 발 벗고 나서 주기만 한다면, 이번 프로젝트는 꽤나 매끄럽게 성공할 수 있을 것이다.

오 과장의 인맥은 생각보다 끈끈했다.

불과 250억으로 공장 전체의 설비를 바꾸고 장비까지 교환하는 데 30억이 들었다.

예상보다 20억이나 싸게 설비를 교환한 것이다.

"교체기간 보름, 그럼 끝!"

"와! 과장님 진짜 대단하십니다!"

"대단하긴, 같이 술이나 마시는 건데, 뭘!"

이제 오 과장은 성실한 회사원이 되었다. 심지어 자신의 업무를 소중히 여기고 사랑할 줄 아는 인간이 된 것이다.

"아 참, 무슨 대만으로 넘어간다면서?"

"네, 맞습니다! 경쟁입찰 방식이라서 조금 빡셀 것 같다는 느낌은 드네요."

대만 프로젝트의 책임자가 된 인호는 알아서 스케줄도

조율하고 영업전략도 세워야 한다.

그런 전략에 오 과장은 슬그머니 수저를 얹는다.

"내가 타이베이 화류계에 줄 좀 대 봐?"

"…어? 대만에 인맥이 있으십니까?"

"에이, 그럼! 해외 바이어들이 한국에 오잖아? 그럼 내가 죄다 때를 벗겨 줬거든! 거기서 생긴 인맥이야 얼마든지 있지!"

세상에나, 주색잡기로 글로벌 인맥을 쌓을 수 있다니, 인호는 태어나 처음으로 들어 보는 신박한 전략이었다.

"그럼 해외 접대는 과장님께서 동행해 주실 수 있겠습니까?"

"…대만 여자들이랑? 나야 콜이지!"

술에 미친 사람에게 외국물이라는 건, 그야말로 엘도라도와 같다.

말로만 들어 본 황금의 땅에 발을 딛는다니 이 얼마나 가슴 벅찬 일이겠는가!

"역시, 우리 막내! 최 대리, 굿!"

"그럼 비행기 티켓은 두 장 마련하겠습니다."

"언제든지 말만 해!"

사람이 참 단순해서 부려먹기 좋다.

생산물량 맞췄고, 접대까지 완비되면 남은 것은 하나다.

'카르텔이 문제인데.'

오늘 아침에도 철근 카르텔 쪽에서 고소장을 접수했다는 내용증명이 날아왔다.

물론 법정에서 붙어 봤자 당연히 인호가 이기겠지만, 문제는 미추홀제철의 프로젝트 파이낸싱이었다.

여기서 법적으로 1년 이상 공방을 벌이게 되면 프로젝트 파이낸싱은 취소된다. 현재 담당은행 내규에 프로젝트 내에서 법정공방이 6개월 이상 진행된 건에 대해선 재심사를 하게 되어 있다.

'뭐, 그것도 이제 얼마 안 남았지!'

만약 프로젝트를 맡지 않았다면 몰라도 책임자가 된 이상에야 어떻게든 저 거머리들을 떼어 낼 필요가 있다.

그 방법은 이미 인호의 머릿속에 다 들어 있다.

슬슬 오늘 하루의 업무를 마무리하는 인호.

똑똑.

인기척이 느껴져서 고개를 들어 보니 김 비서였다.

"아직 퇴근 안 하셨습니까?"

"지금 하려던 참입니다!"

김 비서는 웃으며 인호에게 해외 부동산 등기서류를 건넨다.

대만 진출을 시작으로 동남아시아 시장을 겨냥하겠다는 인호의 말에 장인은 정말로 부동산을 매입한 것이다.

"최 대리가 콕 찍은 부동산입니다. 예전에 미군이 쓰던 노후 항만시설이 있는데 거기를 정비하면 최소한 배는 뜰 것이라고 하더군요."

"오! 정말로 구하셨네요?"

인호는 베트남 남부를 지목했고, 이곳은 강이 바다를 만나는 지역이다.

위치를 보면 공업용수 조달도 용이할 것 같고 위치상으로도 나쁘지 않을 듯하다.

다만 문제는 이곳을 정비하기가 생각처럼 쉽지가 않을 것이라는 점이었다.

"배를 띄울 수 있게 만드는 데 돈이 제법 들어가겠죠?"

"지적도상으로는 배가 뜰 수 있다고 나오긴 하는데, 현지인들 말에 따르면 전방 1km 앞은 다 모래톱에 갯벌 천지라고 하더군요."

인호가 저번 회의에서 역설한 것처럼, 베트남은 향후 아시아 최고의 해상허브가 될 지역이다.

한데 지금 당장 이곳은 접근성이 별로 좋지가 않다.

베트남의 주요 무역거점은 내륙, 그중에서도 메콩강에 밀집해 있기 때문이다.

다른 땅을 찾아본다고 해도 마찬가지였다.

지금 쓸 만한 땅은 정부에서 관리하고 있기 때문이다.

'후후, 오히려 좋아!'

아직은 잘 모른다.

이곳에 얼마나 큰 노다지가 숨어 있는지 말이다.
"아 참, 그리고 말입니다."
"넵!"
"이제 화진CC에서의 골프모임이 며칠 안 남았어요."
"오, 벌써 시간이 그렇게 되었나요?"
시간은 정말 유수와 같이 흐른다.

그날 저녁.
인호가 좋아하는 동태찌개를 앞에 두고 부부가 술잔을 맞대었다.
후룩!
"크흐, 죽인다! 이거 말이야, 사람들한테 팔아도 되겠어!"
"남편이가 좋아한다니까 다행이네!"
"암맘마마마마!"
"아이고, 서아도 잘 먹네!"
생선살을 좋아하는 서아는 명태알을 잘게 부수어 주니 꼼짝 않고 오물오물 먹어 치운다.
딸이 잘 먹는 모습을 보니 부부는 절로 미소가 피어오른다.
"있잖아! 남편이가 말한 대로 부동산 투자를 좀 알아보는 중이거든?"

"오! 맞아, 그건 어떻게 되었어?"

"내가 생각해 보니까 완성 건물보다는 미완성 경매물건을 사서 완성하는 건 어떨까 싶은데 말이야!"

"음! 뭐, 그것도 나쁘지는 않지! 우리 마누라가 권리분석이라든지 그런 건 기가 막히게 잘 해 놓을 거 아니야!"

"당연하지! 그리고 이게, 법원에서 탈탈 털어서 나온 물건이라 법적으로도 전혀 문제없고!"

아내의 생각대로 미완성 건물을 넘겨받아 완공하는 건 생각보다 돈이 되는 장사이긴 하다.

다만 한 가지 문제가 있다면 완성에 이르기까지 들어가는 돈이 얼마가 될지 모른다는 점이었다.

"건설업자는 청천시에서 아는 사람들 소개로 구할 수 있는데, 원자재 비용이 많이 올라서 그게 문제이긴 해!"

"음, 그러니까 공사비용이 지나치게 많이 들면 완공해도 별 소용이 없다는 소리잖아?"

"맞아! 그렇게 남겨 봐야 돈 천만 원 남으려나?"

확실히 수억 원을 투자해서 고작 천만 원 남기는 건 비효율적이다.

공사라는 건 그만큼 리스크가 따르는 일이니까.

"그럼 자재만 싸게 들여오면 되는 문제네?"

"그렇긴 한데…."

"그건 걱정하지 마! 내가 진짜 거의 공짜나 다름없게 들여올 수 있어."

"진짜?! 법적으로 문제 되는 거 아니고?"

"에헤이, 나 최인호야! 그런 이상한 일은 당연히 안 하지!"

인호가 이렇게까지 자신하는 것에는 다 이유가 있었다.

베트남에 아주 거한 떡밥을 뿌려 놓을 것이기 때문이다.

"동남아시아에서 남아도는 거, 그냥 가공해서 가지고 오기만 하면 돼! 관세고 뭐고, 요즘은 원자재 가격이 하도 폭락해서 한국으로 들여오는 것 정도는 어렵지도 않아!"

"음…? 폭락하면 한국에서 관세장벽을 쌓지 않으려나?"

"원래는 그런데, 카르텔 때문에 오히려 그 반대가 될 수도 있어!"

카르텔은 자기가 손에 쥔 도끼로 자기 발등을 찍어 내리려 하고 있었다.

생산물량과 재고물량은 줄이고 가격은 높이고. 있지도 않은 품귀현상을 만들어 관련 업계를 병 들이려 하고 있는 것이다.

이러한 행태는 오히려 수입업자들에게 길을 열어 주는 꼴이 되고 만다.

"요즘 펄프값이 그야말로 똥값이거든? 거기에 맞춰 원목 가격도 폭락했어. 그런 식으로 건자재 가격이 다 폭락했는데, 한국만 점점 올라가. 왜? 카르텔이 가격상승을 부추겨서!"

"아하! 매점매석!"

"그래! 그런 것 때문에라도 관세를 쉽게 못 올려. 한마디로 자기 발을 도끼로 찍는다는 거지!"

"어머!"

"나중에 봐봐! 지금 우리 회사를 상대로 공정거래법 위반으로 소송을 걸었지? 아마 조만간 저놈들이 반대로 공정위 수사를 받아서 카르텔은 피똥을 싸게 될 거야!"

아내는 짜릿한 표정과 함께 대신 주스를 한잔 들이켠다.

꿀꺽!

"시원하다!"

"하하, 귀엽네! 음료수 마시는 모습도 이렇게 귀여워?"

"그럼 남편이! 이번 경매 건! 제대로 한번 해 봐도 돼?"

"그럼! 당연하지!"

매점매석과 카르텔의 고소. 거기에 아내의 부동산 사업까지 한 번에 해결할 수 있는 방법이 있다.

바로 욕심을 이용하는 것이다.

"아빠!"

"어이쿠, 깜짝이야! 그래, 우리 딸!"

아빠랑 엄마만 신나게 얘기하니까 딸이 시선을 돌리게 한다.

"맘마!"

"하하, 그래! 줄게, 줄게!"
"아빠, 아마아아아마아바!"
"크크, 뭐라는 거지? 되게 귀엽네?"
자기도 엄마처럼 진지한 얘기를 하고 싶단다.
심각한 표정, 진지한 어투.
조만간 비즈니스에 투입해도 손색이 없을 정도다.
"잠깐! 오빠, 계속 얘기해 봐! 내가 캠코더로 찍을게!"
"하하, 그래! 서아야, 계속해 봐!"
"아야아아어아!"
"응!"
"아하야아어아아!"
"크크! 응, 그랬어?!"
"응!"
언제 어디서나 엄마 아빠는 정신을 바짝 차리고 있어야 한다.

딸이 어떻게 귀여운 짓을 하게 될지 모르니까.

'이야, 이거! 장인어른이랑 처형이 보면 아주 난리가 나겠는데?'

대만으로 PF 제안서가 넘어갈 때쯤이었다.
화진CC에서 골프모임이 열렸다.
이제 막 눈이 얼기 시작할 무렵 골프모임이라 다들 옷이 두껍고 신발도 묵직한 걸로 신었다.

타악!

"오, 굿샷!"

"사장님, 나이스샷!"

바람이 불건 날씨가 춥건, 골프에 미친 사람들은 크게 신경 쓰지 않는다.

사람들은 공이 날아가는 걸 보며 물개 박수를 연발한다.

'진짜 뭔가에 미친 사람들은 못 말린다니까.'

장인 역시 그 '미친' 사람들 중 하나였다.

"박 사장! 요즘 골프 많이 늘었네?"

"에헤이, 내가 자네보다 꼭 한 타씩 적게 나왔는데, 무슨 소리야?"

"자네 벌써 치매 왔어?"

이게 뭐라고 날카로운 신경전까지 벌인다.

그런 가운데 오늘의 신입인 인호에게로 시선이 집중된다.

"그나저나 윤 사장! 사위 덕 좀 봤다면서?"

"덕은 무슨! 그냥 소소하게 재미 좀 본 거지!"

"이야, 부러워! 옵션으로 500억씩 딱딱 땡겨 버리지, 경기도에 있는 계약이란 계약은 다 긁어 가지! 우리 사위가 저 반만이라도 따라가 봐라, 내가 업고 다니지!"

"하하! 오버하긴! 최 서방, 이리 와! 내가 티샷 가르쳐 줄게!"

"넵!"

주변의 부러움을 한 몸에 받으며 장인에게로 달려가는 인호.

그런 인호에게 장인은 아주 친절하게 티샷을 가르쳐 준다.

"공 칠 때 잡는 자세를 어드레스라고 하거든? 그리고 채를 들어 올리는 게 백스윙. 여기까진 아나?"

"네, 어느 정도는요!"

"좋아, 그럼 자세 잘 교정하고…."

"이렇게 말입니까?"

접대골프만 30년을 친 인호다.

어지간한 티칭프로 뺨치는 실력이지만, 그래도 장인의 지도를 잘 따라갔다.

"오! 자세 잘 나오는데?"

"쳐 볼까요?"

"장타 한번 뽑아 봐!"

주변을 둘러보는 인호.

바람은 강하게 불지만, 그 방향이 시시때때로 바뀐다.

'이 시기엔 장타가 많이 나오지!'

화진CC는 인호가 30년이나 골프를 친 필드다.

사실 이곳에서의 티샷은 하도 이골이 나서 눈을 감고도 버디는 그냥 뽑아낼 수 있다.

티에 골프공을 올려놓는 인호.
'그럼 뭐, 아저씨들 좀 깜짝 놀라게 해 줘 볼까?'
빙그레 웃으며 티샷을 치는 인호.
휘리리릭, 따아악!
무슨 회초리로 총알을 튕겨 내는 듯한 소리가 들린다.
"이야! 젊어서 그런가, 확실히 힘이 좋네!"
"나이스 임팩트!"
"장사야, 장사!"
"이봐, 윤 사장! 자네 사위, 너무 완벽한 거 아니야?"
오늘 하루 골프로 제대로 굴리겠다던 장인의 얄팍한 술수는 무참히 깨지고 말았다.
그러나 장인은 호탕하게 웃는다.
"으하하하! 이것 봐! 사람은 운동신경이 있고 봐야 한다니까? 헬스를 10년 넘게 했다고 했지?"
"넵! ROTC에서까지 합치면 10년도 넘죠!"
"이거 봐! 이게 남자지. 안 그래!"
오랜만에 사위를 자랑하느라 장인은 아주 침이 마를 틈이 없다.
'이럴 때 보면, 장인어른도 영락없는 아저씨라니까!'

골프는 계속된다.
앞에선 그린 위에 공을 못 올려서 다들 난리였다.

"아이고, 흘렀네."

"아깝다, 아까워! 티샷을 그렇게 환상적으로 쳐 놓고 약간 삐끗해서 동률이네?"

"무슨 바람이 이 지랄이야?"

"골프가 다 그렇지, 뭐!"

다들 안타까워하고 있지만, 인호는 속으로 미소를 숨겼다.

저건 바람 때문이 아니라 순전히 필드를 이해하지 못해서 나온 실수들이라는 걸 알고 있었기 때문이다.

"이번엔 누구 차례지?"

"아, 윤 사장 사위!"

"나이스 어프로치 한번 보여 주는 건가?"

어프로치? 인호는 한 손으로 쳐도 홀에 공을 정확히 꽂아 넣을 수 있다.

한때는 이곳에서 밥도 먹고, 잠도 잤던 적이 있었으니 당연한 일이었다.

톡!

그린 밖에서 친 공이 정확하게 잔디를 타고 굴러간다.

"…어? 뭔 칩샷이 저렇게 좋아?"

"어프로치고 나발이고, 그냥 들어가겠는데?"

바로 그때.

휘이이잉!

바람이 불어 잔디가 나부끼기 시작한다.

그러나 인호의 공은 경사면을 따라서 오히려 더 자연스럽게 굴러간다.

땡그랑!

"이야, 버디!"

"나이스 어프로치!"

짝짝짝짝!

인호는 장인이 지도해 준 대로 쳤고, 정말 그대로 공이 굴러가 좋은 성적을 냈다.

"굿샷!"

"이게 다 장인어른 덕분 아닙니까?"

"윤 사장! 자네는 티칭을 그렇게 잘하면서 우리한테는 왜 모르는 척 있었던 거야?"

"하하하! 뭘! 우리 사위가 천재인 거지!"

"다음 홀 돌자고!"

아까부터 계속 밀리는 사장들은 얼른 만회 샷을 하겠다고 들떠서 움직인다.

그런 그들의 약간 뒤에서 걷는 인호와 장인.

"티샷만 칠 줄 아는 수준이라더니, 뭐야?"

"운이 좋았을 뿐입니다."

장인은 아주 흡족해하는 눈치다.

이 젊은 인호가 설마하니 이 정도 골프를 구사할 줄은 꿈에도 몰랐던 것이다.

"골프는 어디서 배웠나?"

"전에 다니던 회사에서 연습했습니다. 제 사수가 티칭프로의 사돈이었거든요!"

"천운이군그래."

평소라면 머리에 든 얘기를 그냥 속으로만 삼켰을 장인이 이런저런 얘기를 먼저 걸어온다.

이래서 어색한 사이에는 골프든 낚시든 일단 뭐든 해보는 것이 좋다고 하는 모양이다.

다음 홀로 향하는데 법무법인 하진의 김주승이 인호 장서를 찾아온다.

"사장님, 아까 나이스 샷이었습니다!"

"김 변도 꽤 늘었던데?"

"아직 멀었습니다."

김주승은 인호의 어깨에 손을 척 걸친다.

자기 후배가 이렇게 날아다니는 걸 보니 절로 웃음이 나오는 모양이었다.

"우리 후배! 역시 ROTC의 기상이야!"

"과찬이십니다!"

"다음 법무법인 모임에 잠깐 나오시는 건 어때?"

"변호사 모임에 말입니까? 저는 거기 낄 자격이…."

"자격은 되지, 지역사회 모임인데. 청천시 사람 아니야?"

"아!"

"말이 법무법인 모임이지, 사실 청천시 사회모임 같은 거거든. 변호사 아닌 사람들도 많이 나오고. 특히 법적인 조언을 구하러 오는 사람이 많아."

"그렇군요! 좋은 기회인 것 같네요!"

생각보다 일이 순조롭게 풀린다.

만약 김주승이 골프모임에 나오지 않았더라면 죽어도 알 수 없었을 정보가 아닌가.

"이번 모임에 전관들이 많이 나올 거야. 청천시 출신에 서울지방에서 판검사를 지낸 선배님들 말이야. 이번에 자리 옮기실 법인을 찾고 계신다고 하더군."

"음…! 모임의 스케일이 상당히 크겠는데요?"

"그래서 우리 후배가 필요한 거지! 그분들이 워낙 까다로운 양반들이라 대놓고 접대하는 걸 별로 안 좋아하시거든."

어차피 접대골프의 결론은 비기거나 지거나 둘 중에 하나다. 그렇다면 못 친다고 쪽팔릴 이유도 없다는 뜻이다.

"모임이 언제입니까?"

"다음 달 중순에 모일 거야."

"그때 시간 비워 두겠습니다!"

"그래, 고마워. 이번에 접대 잘해서 우리 법인으로 전관들 많이 끌어 오면 내가 반드시 보답할게!"

"에이, 같은 출신끼리 보답이라니요!"
"하하, 정말 고마워!"
이를테면 헤드헌팅 골프모임인 것이다.
전관 변호사를 알아 둬서 나쁠 것은 없다.
'개이득인데?'

어느새 라운딩은 마지막 홀에 있었다.
휘이이잉…!
바람은 적당했고, 잔디의 컨디션은 최상이었다. 약간의 수분을 머금고 있기는 해도 그 푸름은 최절정이었다.
그렇게 시작된 인호의 티샷.
"요즘 건축단가가 왜 그렇게 올랐데?"
"골재수급불능이 이슈라는데, 내가 봤을 땐 지자체랑 환경단체 사이에 무슨 문제가…."
사업가들의 비즈니스 토크가 이어지는 가운데.
타악!
인호의 시원한 티샷이 사정없이 골프공을 쳤다.
토크가 이어지는 가운데 사람들은 장갑을 벗고 박수를 쳐 준다.
"…있는 게 아닌 가 싶기도 하고. 아무튼 중간에서 우리만 죽어나는 거지 뭐."
"하, 진짜. 부산에 있는 처남이 건설투자 좀 해달라고 해서, 한 50억 밀어줬더니만. 아주 개털 되게 생겼잖아."

"뭐, 그런데 문제가 그것 뿐만은 아니야. 지금 경남지방만 해도 철근문제가 심각하거든."

"철근? 그게 왜…."

땡그랑!

티샷 한 방에 홀컵으로 공이 빨려 들어가 버린다.

"뭐야, 이거!"

"홀인원 터진 거야?"

"이야, 세상에! 개장 첫 라운딩에 홀인원이 터져?!"

화진CC의 관계자들이 환희에 찬 박수를 보낸다.

짝짝짝!

"브라보!"

"김 과장! 얼른 가서 황금 골프공 좀 가져와라!"

홀인원이 터지자 주변에서는 그야말로 난리가 났다.

개장 첫 라운딩에 홀인원이 터지면 대박이 난다는 미신이 있다는 것이다.

'굳이 홀인원이 아니더라도 대박은 터질 텐데? 하긴 뭐, 좋은 게 좋은 거니까!'

인호는 그저 운이 좋아 터진 홀인원이라 별 감흥이 없지만, 주변의 반응은 그게 아니었다.

"이게 바로 첫 홀인원 기록자에게 수여되는 황금 골프공이라는 거 아닙니까!"

"이거 순금인가요?"

"네! 물론이죠!"

"…와!"

"집에 가지고 가셔도 되고, 골프장에 전시해 놓으셔도 되고요! 전시하시면 1인 한정 평생 라운딩 공짜입니다!"

엄청난 특전이었다. 이런 특전이 있다는 얘기는 또 처음이라 기분이 싱숭생숭하다.

"그럼 뭐, 전시하시죠!"

"기념사진 촬영하시고 인증서 하나만 작성해 주십쇼."

살다 보니 정말 별일이 다 일어난다.

소정의 홀인원 축하행사를 치르고 나자 같이 라운딩 온 사람들이 십시일반으로 돈을 모아 인호에게 현금다발을 건넨다.

"자, 축하금!"

"…헤엑! 축하금을 천만 원씩이나 주십니까?"

"얼마 안 돼. 용돈이다 생각하고 마누라 가져다줘!"

"감사합니다!"

골프 상금이 이렇게나 짭짤하다니.

'세상에 이런 알바만 있어 봐라! 알부자 되는 건 금방이지!'

그야말로 하늘을 나는 기분이다.

라운딩이 끝난 뒤.
"자, 마셔!"
"홀인원 축하주 마셔야지!"
"에이, 축하주는 윤 사장이 마셔야 하는 거 아닌가?!"
"하하! 맞네, 맞아!"
아저씨들이 우르르 몰려서 술집에 들어오니 분위기가 아주 왁자지껄하다.
장인은 지인들이 만들어진 축하주를 아주 깔끔하게 비워 낸다.
꿀꺽, 꿀꺽…!
"크하, 좋다!"
"부럽네! 사위 잘 둔 덕에 축하주도 다 마시고!"
"한 잔 더 돌려!"
이렇게 호탕하게 마시는 장인의 모습은 처음 보는 것 같다.
'효도가 별거 아닌데 말이야.'
부모님이 기쁘고 즐거우면 그게 효도다.
비록 아버지가 일찍 돌아가셔서 효도라는 걸 해 보지도 못했던 인호이지만, 이 순간만큼은 청천시 최고의 효자였다.
커다란 술잔을 인호 앞에 탁 내려놓는 장인.
"자네는 벌주 한 잔 받아!"

"벌주요?"

"지금까지 손녀 얼굴도 안 보여 주고 말이야! 내가 얼마나 외로웠는 줄 아나?"

"아…."

"꿈에 설화 엄마가 날마다 나타나서 그러더군. 대체 무슨 짓을 했으면 손녀 얼굴도 못 보고 사냐고."

"그러셨습니까?"

"…아무튼, 자네가 나빴어. 벌주 한 잔 받으면 싹 풀어질 것 같으니, 그렇게 해!"

그동안 장인이 왜 그렇게 까칠했는지 이제 이해가 된다.

'헐…! 그동안 삐져서 그런 거였어? 어쩐지!'

장인을 대할 때마다 묘하게 자신을 책망하는 느낌을 받았었는데, 인호는 그 원인이 뭔지 이제야 깨닫게 되었다.

딸을 빼앗겨서 열 받은 게 아니라 손녀를 못 봐서 서운한 거였다.

'장인어른도 그냥 보통의 사람이었네.'

찔러도 피 한 방울 안 나올 것 같은 인간이 아니라, 장인도 결국엔 평범한 아저씨였다.

"좋습니다! 한 잔 주십쇼!"

"으하하, 벌주 받아라!"

얼큰하게 취한 장인이 말아 준 벌주는 그야말로 소주 반, 양주 반이었다.

꿀꺽, 꿀꺽!

시원하게 술을 들이켜는 인호.

"캬하!"

"아이고, 저 집 사위 좀 봐라!"

"장인이 사위 잡네, 잡아!"

지금까지 장인에게 맺혔던 서운함과 설움을 한잔 술에 담아 넘겼다.

이제 더 이상 장인과 사위 간에 묵은 감정은 없는 것이다.

"최 서방!"

"넵!"

"고맙네!"

"고맙긴요!"

이 순간 인호는 생각했다.

한 잔 술과 호탕한 웃음 한 번이면 케케묵은 감정도 일순간 날아간다는 것.

이 세상에는 그런 관계가 존재한다고 말이다.

'이런 게 바로 가족이라는 거구나.'

『중소기업 사위의 슬기로운 회귀생활』 2권에서 계속